謊言後遺症

Sequelae
of
Lies

就算你不是我以為的樣子，
我還是喜歡你，
好喜歡你。

Misa

楔子

他的氣息如此炙熱，噴吐在她的頸間，這讓她不安地挪動身子，但他溫熱的手強而有力地壓住她的肩膀。

「別逃。」

那不容她退縮的嗓音就在她耳邊，宛如惡魔的呢喃，甜美得令她沉醉，卻又本能地感到畏懼。

「事到如今，妳才知道害怕？晚了。」他的另一隻手摸上她的腿，徐徐往根部的地方遊走。

「等……」她倒抽一口氣，那觸感十分陌生，她從不曾被人這樣碰觸。

「我不會讓妳有時間考慮。」

他將她往後推，使她倒臥在柔軟的床鋪上，他的雙膝跪在她的雙腿外側，將她圈入自己的勢力範圍，接著拉開領帶並解開白色襯衫的扣子，露出裡頭的背心，專屬男性的致命吸引力毫無保留地展現在她面前。

她渾身一顫，不知是害怕還是興奮，吞了口唾沫，伸手摸上他結實的胸膛。

「妳很積極啊。」他一笑，握上了她伸過來的手，俯身到她面前，「交給我。」

於是，她閉上眼睛。

最一開始，他們都沒想過會變成現在的局面。

第一章

顏允茵把自己的名字寫在白紙上，娟秀可愛的字體與她的模樣搭不太上，隨後，她又在自己名字旁邊寫上「蘇雨菡」三個字，並抬眼看向一旁楚楚可憐的清純女孩。

「我們是不是失散多年的姊妹？『菡茵』居然能湊在同一班。」顏允茵手托著腮。

「要不是因爲名字的關係，以妳的笨腦袋會知道這個詞嗎？」蘇雨菡一臉無辜地挖苦她。

「哼，考了前幾名就眞當自己是聰明人啦？」顏允茵交疊起修長的雙腿，過短的窄裙讓她隨時都可能春光外洩。

「顏允茵，請不要欺負我們家雨菡。」一雙大手從蘇雨菡的右肩後方伸出，越過脖頸搭在了左肩，輕輕將蘇雨菡往後攬。

「我欺負她？你才在性騷擾她吧，紀青岑。」顏允茵翻了白眼。

「不要吵了。」蘇雨菡拉開紀青岑的手，「在學校你也別動不動就碰我。」

紀青岑雙手半舉，聳了聳肩，一副無所謂的態度。他的頭髮微卷，五官立體，再加上身材高眺，外型猶如雜誌模特兒般引人注目。

「沒辦法，誰叫顏允茵長得就像是會欺負妳。」紀青岑嘲笑似的打量著顏允茵。

黑色長直髮與齊眉瀏海，濃重的極黑眼線，纖細的長腿突顯出她完美的九頭身比例。顏允菭外型出眾，卻課業成績不佳，穿著也特別清涼，看起來確實是十足的太妹模樣。

而蘇雨菡留著妹妹頭，頭髮長度只到耳下四公分，不僅肌膚白皙，還擁有一雙水汪汪大眼，身高不過一百五十幾，就像朵清純脆弱的百合一樣需要人保護。

由於外型使然，顏允菭一直都被當成作風大膽又愛玩的不良少女，所以在升上高二前，她並沒有任何朋友。事實上，她現在也只有蘇雨菡這位朋友。

她很清楚自己有許多難聽的傳言，但她並不在意，反正只要在乎的人沒有誤會她就好。

「你這個膚淺的男人，只看外表就評斷一個人。」顏允菭站起身雙手環胸，瞪著紀青岑。

「呵，打扮成這樣的妳才有問題吧？」紀青岑不甘示弱，他唯一會溫柔對待的人，就只有蘇雨菡。

顏允菭和紀青岑雖然不對盤，可他們站在一起仍是賞心悅目。

「菡萏這個詞是荷花的別稱吧。」紀青岑的注意力轉回蘇雨菡身上，柔聲開口。

「沒錯，花語是高尚、純潔、愛情喔。」蘇雨菡眨眨眼。

「很適合妳。」紀青岑微笑，又看向顏允菭，「妳就算了。」

「我跟你眞的沒什麼話好聊。」顏允茵瞇眼對蘇雨菡說，「下次護花騎士請假的時候，我們再好好聊天。」

「不會有那一天。」紀青岑一手放在蘇雨菡的桌子上，另一隻手擺了擺。

「搞清楚，這裡是我們的班級，不是你的。」顏允茵推了紀青岑一下，反正動口贏不了，動手就對了，紀青岑再怎麼沒水準也不會對女生還手。

「啊，青岑，你怎麼又在這？」一個長相稚嫩無害的男孩從教室窗外探頭進來。

「晴海。」蘇雨菡燦笑，男孩也露出微笑。

「快出來，有事跟你說。」男孩並沒有踏入教室，他雙手撐在窗戶邊，身後還有一票小混混跟班，儼然是校園老大的架式。

聞言，紀青岑摸摸蘇雨菡的頭，緩步走出教室。

「回頭見。」男孩朝蘇雨菡揮揮手，一行人離開了二年四班。

見紀青岑終於走了，顏允茵坐回位子上。看著蘇雨菡的側臉，她不禁搖搖頭，「所以，紀青岑和北野晴海，哪一個才是妳的對象？」

「咦？妳說什麼？」

「我說……」顏允茵正打算重複說一次，卻見到蘇雨菡故作天眞地歪頭，頓時明白對方只是裝傻，「算了，當我沒問。」

「是呀，問這種問題多掃興。」蘇雨菡笑著捏了下顏允茵的臉頰，「大家都是好朋友，不好嗎？」

「妳這小惡魔。」顏允菖也伸手捏了蘇雨菡細嫩的臉頰。

她們兩個的外表就像天使與惡魔，內在卻可以說是反過來，這樣的反差意外地讓兩人更爲契合。

「欸，幫我一個忙？」蘇雨菡眨眨眼睛。

顏允菖本能地往後縮了縮身子，挑起眉毛，「我有不好的預感。」

蘇雨菡迅速拿出手機，點開和某位朋友的聊天訊息，展示給顏允菖看。只見訊息中提到了時間、地點，以及一家餐廳的網址。

「我這禮拜六要去聯誼，但有一個人臨時放鳥，所以現在缺一位。」

「不幹。」顏允菖推開手機，從書包抽出下堂課的課本放到桌上。

「拜託啦，這次我好不容易才和律師團搭上線耶。」蘇雨菡雙手合掌，露出無辜的可愛表情，「求求妳？」

「律師團？」

「應該說律師助理團才對。」蘇雨菡將畫面往上滑，點開幾張照片，「瞧，詳細資料。」

顏允菖的注意力不在那些頭銜上，而是照片中標注的年齡，「平均二十七歲，有沒有搞錯？」

「男方都是律師助理，當然會是這個年紀。」蘇雨菡嘟嘴。

「妳跟大學生聯誼我還能理解，可是律師助理？」

「老師不都說以後出社會人脈很重要？我提前認識一群未來可能會當律師的人，也沒什麼不好吧。」蘇雨菡睜眼說瞎話。

「魔性之女，妳只是想多認識一些優秀的男人吧。」

「嘿嘿，不可以告訴青岑和晴海喔。」蘇雨菡嫣然一笑。

「我和他們又不熟。」顏允茵沒好氣地答，只覺得萬分無奈，她對聯誼毫無興趣，

「我有什麼好處？」

「嗯……下次考試讓妳抄？」

「成交。」對顏允茵來說，這才是重點。厭惡念書的她，成績已經差到父母被導師約談了，只要平時考試能有人罩，她願意做任何事。

「那我們週六一起去逛街買衣。別說這是聯誼，知道吧？」蘇雨菡特別叮嚀，就怕走漏風聲。

「放心，我沒人可講。」顏允茵自嘲地說。

即便她從來沒蹺過課，甚至上課都沒打過瞌睡，成績不好仍舊令她被貼上愛玩的標籤。她是不愛念書，然而追根究柢是她找不到適合自己的念書方式，於是就這麼變成了他人口中「不讀書的不良少女」。

因此雖然沒人敢找她麻煩，卻也沒人想跟她交朋友。

蘇雨菡是個例外，當初她只因爲彼此的名字都有「荷花」這個連結，便向顏允萏搭話，後來顏允萏也發現蘇雨菡的個性不像外表一樣是白蓮花，兩人才成爲好朋友。

顏允萏看了眼蘇雨菡的手機桌布，那是一張三人合照，左邊是勾起嘴角、眼底盈滿愛戀之情的紀青岑，右邊則是臉頰微微泛紅，面露開朗笑容的北野晴海，站在中間的蘇雨菡笑靨如花，勾著兩個人的手。

「妳總有一天會選一個的吧？」她問。

蘇雨菡又是一歪頭，裝傻地笑了。

✦

明媚的陽光灑落在人行道上，柏油路都被蒸出了熱氣，行人紛紛走在建築物的陰影下，或撐起陽傘。唯獨顏允萏身穿短裙，紮著馬尾、戴著閃亮耳環，喝著冰美式悠然走在路上，彷彿十分享受這片熱浪，連一滴汗也沒落下。

她準時來到約定地點，卻沒見到蘇雨菡。由於不曉得還有哪些人參加，所以她只能站在這等，並傳了訊息給蘇雨菡，結果卻換來令她傻眼的消息。

「我被晴海抓到要參加聯誼，就不去了。」

「那我要走了，反正少了妳人數也不對。」她回傳完訊息就要離開。

「我跟一個姊姊說了，她會多帶朋友來！妳千萬別走啊！」蘇雨菡馬上打來電話。

「我不要，又不認識。」顏允茴往捷運出口的方向走。

「拜託！這個學期的作業和考卷我都借妳抄！」

顏允茴停下腳步，「真的？」

「對！真的真的！求求妳千萬不要走！」蘇雨菡在電話那頭千拜託萬拜託，「我把那位姊姊的聯絡方式傳給妳，妳找她會合。」

「姊姊？」這個瞬間，顏允茴的笨腦袋忽然想到一個重要的問題。來參加聯誼的男生全是律師助理，而她和蘇雨菡是高中生，哪個正常成年男性會和年紀相差這麼多的未成年少女聯誼？

「嘿嘿，我們是二十一歲的K大法律系大三生，妳不要忘記這個設定，懂嗎？」

「懂妳個……」顏允茴深吸一口氣，握緊手機，「我要抄兩個學期。」

「是沒問題啦，可是明年就高三了，這樣抄……」

「不然我回家？」

「好好好，妳說的都好。」蘇雨菡自知理虧，掛掉電話前還喃喃說著怎麼會被發現要去聯誼。

過了一會，顏允茴收到蘇雨菡傳來的LINE好友資訊，是一名叫潘呈娜的女性。她抬頭環顧周遭，並且傳訊息給對方。

很快，旁邊服飾店前有位打扮性感的女生在左右張望後，對著她揮手，「妳是雨菡的朋友吧？」

「是，我叫顏允莒。」自我介紹完畢，顏允莒打量起潘呈娜。潘呈娜的身高比她矮一些，不過比例很好，蓬鬆的卷髮染成了不算張揚的褐色，在陽光下卻相當顯色。

「妳知道妳要假裝大學生吧？」潘呈娜開門見山，「我們這邊的女生都是M大法律系的學生，與其說是聯誼，不如說是和業界人士交流，我不清楚雨菡是怎麼告訴妳的，但我們可不是爲了釣男人。」

「那就好，因爲雨菡的確說是聯誼。」顏允莒明白自己的外型容易招致誤會，因此並不在意，「我本來就只是過來湊人數，對律師助理沒有興趣。」

「我還以爲雨菡的朋友會跟她一樣，是想多認識男生呢。」

「如果妳不喜歡她這樣，爲什麼還要讓雨菡來？」

潘呈娜嘆了口氣，「沒辦法，我有把柄在她手上。我的其他同學也不曉得我會帶高中生去，她們以爲妳們都是K大法律系的。」

「好，總之我會扮演好自己的角色，盡量不多說話以免露餡。」

「通情達理，很不錯呀！」潘呈娜語帶讚賞，「妳也有把柄在雨菡手上？」

「不，我和她做了條件交換。」顏允莒挑眉，隨即說明自己是爲了能抄作業和考卷才答應過來。

潘呈娜笑了下，手指向前方的美式餐廳，兩人一起邁步走去，其間顏允茵又問：「如果是要和相關行業的人交流，那舉辦讀書會之類的活動不就好了嗎，為什麼參與的男女人數一樣？」

「因為律師助理那邊應該是抱著聯誼的心態。」潘呈娜聳聳肩，「不過我們這邊都是高材生，主要目的是了解法律界的生態，並為可能的實習機會鋪路，但如果有看對眼的，要另外發展也行。」

「說到底還是聯誼嘛。」

顏允茵隨潘呈娜走進餐廳，裡頭人聲鼎沸，女服務生個個穿著清涼，展露出姣好身材，每張桌上都放著大杯啤酒。她快速掃視環境，幸好燈光並不昏暗，外頭還有露臺供人拍照。

「不好意思，我們來遲了。」潘呈娜走到一張十二人的長桌前，沙發這側坐著女孩們，對面一整排則都是男生。

「歡迎我們的主辦人，呈娜！」其中一個身穿洋裝的女孩起身介紹，顏允茵注意到男生那排少了一人。

「我們有個人去了廁所。」察覺她的視線，在那個空位旁的男生解釋。

眼前的男生們看起來都很年輕，但已經沒有學生的感覺了，有幾人甚至穿著剪裁精細的襯衫。相較之下，M大法律系的女孩們青春氣息濃烈，即便打扮成熟仍顯得稚氣未脫。

顏允茖稍微緊張了起來，自己的外型看起來像高中生嗎？會被其他人識破嗎？這不過是場聯誼，就算被識破應該也沒關係吧。

這麼一想，她頓時放鬆不少。

顏允茖依潘呈娜的引導入座，等了一會對面座位依舊是空的，她正思考要不要找個藉口提前離開時，一位穿著黑色上衣的男人拉開椅子坐了下來。

她抬眼，立即被那雙幽深如潭的眼眸吸引。男人的五官稱不上立體，但鼻子高挺，雙眼因此顯得十分深邃，不過男人的瀏海過長，馬上隨著他調整坐姿的動作遮住了他的眼睛。

「啊，既然人都齊了，就開始自我介紹吧？」潘呈娜站起來，爲這場活動揭開序幕，「我們是M大法律系大三生，謝謝我的表哥牽線，讓我們有機會可以和正在業界努力的前輩們學習。」

「太客氣了，我們才要謝謝妳們，讓我們能再次重溫學生時代的感覺。」

客套話結束，雙方成員便輪流進行自我介紹。

「我叫顏允茖，只有我是K大的三年級學生。」顏允茖話音剛落，就見到坐在她對面的男人抬起頭，似乎有點驚訝，只是那瀏海蓋住眼睛的部分實在太多，所以她無法完全確定對方的反應。

「就這樣？不多分享一些嗎？」男生們紛紛起鬨，要她多說點自己的大學生活。

「酒來啦！」潘呈娜及時救場，兩位服務生端來了十二杯啤酒。

「一人一杯！」

幾個人幫忙分發啤酒，顏允茵也分到了一杯，潘呈娜見狀趕緊幫忙擋酒，「她不太能喝，我幫她喝吧。」

「沒有這樣的吧！」男生們發出噓聲。

「我來吧。」

出乎顏允茵的意料，坐在她對面的男人竟伸手拿走了她那杯啤酒，一口氣喝掉一大半。

「哇！英雄救美啊。」有人出聲調侃，而男人臉不紅氣不喘，只在放下啤酒時瞥了顏允茵一眼。

「其實我能喝的。」即便她現在仍未成年，以前也曾偷喝過幾次酒。

「那剩下的給妳。」男人把喝了一半的啤酒推回她面前，潘呈娜見狀聳聳肩，不再表示什麼。

看著啤酒杯，顏允茵感覺所有人的視線都聚焦在自己身上，她並沒有猶豫太久，拿起杯子直接喝下。

啤酒的滋味比她想像中還要苦澀，不過也比想像中更蘊含香氣，她忽然想起自己以前喝過的是酒精濃度只有百分之三的水果酒，頓時略感後悔。

不過她不能漏氣，她可不是需要被保護的女生。

喝完，她「砰」的一聲把杯子放回桌上，眾人不約而同地歡呼拍手，而那個男人雖然仍被瀏海遮住大半的眼睛，但她彷彿見到他微微挑起了一邊的眉毛。

「換你自我介紹。」潘呈娜催促。

顏允莔面前的男子目光迅速掃過所有人，最後落回顏允莔身上，才緩緩開口：「我叫黑律言，跟他們不同事務所，今天是來湊人數的。」

「欸！講這麼明白！」

「你大學時成績明明最好！」有人吐槽。

「你姓黑啊？好特別。」潘呈娜忍不住說。

「大家都說我是黑心律師。」黑律言面無表情開了玩笑，顏允莔聞言噗哧一聲，隨即掩飾般假裝輕咳了幾下。

她仔細觀察黑律言，發現在場只有他衣著輕便，且衣服花樣很特別，其他人都穿了襯衫。

這場聚會其實挺有趣，與顏允莔以爲的聯誼不太一樣，沒有女生被吃豆腐，也沒有男生說令人不舒服的黃色笑話，大家談論的話題相當廣泛，除了大學生活，也不乏對社會案件的觀點分享。

顏允菡不由得想，要是今天蘇雨菡有來，大概會覺得無聊吧，畢竟他們的聊天內容全是高中生不太會接觸到的範疇。

時間不知不覺流逝，聯誼來到尾聲，男女雙方不免俗地要留下彼此的聯絡方式。

「避免有人想亂槍打鳥，每個女生只和一位男生要聯絡方式，至於後續要不要聯繫由我們自己決定，如何？」潘呈娜提議，有些人雖然不太願意，但也沒有出聲反對。

顏允菡本想默默裝死，不過其他女孩卻要顏允菡第一個做出選擇。她心想反正要了對方的聯絡方式也可以不聯繫，既然如此，那選誰都沒差，不如就選坐在對面的黑律言好了。

「可以給我你的聯絡方式嗎？」於是她開口。

黑律言沒有立刻回答，似乎陷入猶豫。

「別讓女生尷尬啊！」潘呈娜在一旁喊。

黑律言慢吞吞地拿出手機點開LINE，顏允菡則準備出示自己的QR Code，卻忽然發現自己的頭像是穿著制服和蘇雨菡的合照，連忙說：「等我一下。」

她慌忙開啓相簿，隨便點了張之前和家人一同去海邊時拍攝的照片。

「好了。」她亮出QR Code讓黑律言掃描，隨即見到對方的頭像出現在自己的手機畫面，是他和兩個朋友在一面白牆前的合照。

黑律言也看著手機螢幕，顏允茵的頭像是穿著比基尼在海邊的獨照。

他微微挑眉，顏允茵身材很好，從穿著打扮來看似乎是性格外向的類型，剛才交流時話卻不多，是因爲和大家不熟悉嗎？

「原來妳的『茵』是這樣寫，我以爲是淡水的淡。」黑律言收起手機。

「大部分的人都會唸成餡。」顏允茵聳肩，也收起手機。

任務總算結束，回家後就刪除這位新朋友吧。

顏允茵這麼想著。

「今天謝謝妳啦。」離開餐廳前，潘呈娜特意向顏允茵道謝。

「不會，反正我也有得到好處。」顏允茵指的是可以抄考卷和作業這件事，但潘呈娜以爲她是指得到黑律言的聯絡方式，畢竟剛才黑律言幫忙擋酒確實挺帥氣的。

結束聯誼後時間還早，顏允茵決定去書店晃晃。

逛書店是她的興趣之一，不過她並不喜歡看書，只是喜歡書本、喜歡書店的氛圍，包括店裡的擺設、氣味、色彩甚至背景音樂，還有形形色色質感不同的各種書籍封面、陳列方式等等。

她走在一排排書櫃之間，一面瀏覽書脊上的書名，一面猜測故事內容，沒注意到前方地上坐了一個人，不小心踩到對方的腳。

「抱歉！」她趕緊道歉，定睛一瞧卻對上黑律言的臉，「咦？」

黑律言神情錯愕，趕緊闔起手上的書，咳了一聲站起來，將書藏在身後，「妳怎麼在這裡？」

「你也是啊。」

「我的意思是，妳看起來不喜歡看書。」黑律言語氣平淡地說出沒禮貌的話。

「我的確不喜歡看書，你看起來倒是很喜歡看書。」顏允茵並不介意，她掃視了一下旁邊的書櫃，「……校園愛情小說？」

「不是！」黑律言反駁，他瞥了眼後面的書櫃，接著瞪大眼睛，沒想到自己居然坐在愛情小說區，頓時百口莫辯，「我沒發現這區都是愛情小說。」

「很多男生也會看愛情小說。」顏允茵聳聳肩，又繼續追問：「你在看哪本書？」

「沒什麼好看的。」黑律言把身後的書藏得更嚴實，「妳要買書嗎？」

「我只是隨便逛逛。」他越遮掩，顏允茵就越好奇，這個男人在整場聯誼裡，大多數時間都面無表情，怎麼此刻顯得如此慌張？

於是她故意湊上前，「不然你推薦幾本書給我吧。」

「我不太看書。」結果黑律言這麼回答，並緩緩後退，就是不讓她看見自己手上的書。

「還是你在看寫真書？不過那種書都有封膜吧。」黑律言後退一步，顏允茵就前進一步，絲毫不放鬆。

「不是，我……這也不關妳……哇！」話還沒說完，黑律言便撞上了後頭正在挑書的女學生，手裡的書跟著掉到地上。

那似乎是某部幼兒卡通的漫畫原作，顏允茗還以爲自己看錯了。不等她反應過來，黑律言已經迅速撿起書，拔腿就逃。

「啊……」顏允茗望著他的背影，困惑之餘又覺得有點好笑。

她朝聚集了許多小朋友的兒童書籍區走去，架上陳列了好幾本《寶寶小巫師》系列書籍，她一眼就認出方才黑律言拿著的，就是這個系列的最新一集，而那群小朋友也幾乎人手一本。

她知道這部作品近年非常受孩子歡迎，且創作者是臺灣人。

晃了一圈，沒看到黑律言，顏允茗拿起最新一集《寶寶小巫師》想翻閱內容，此時手機傳來震動。

「不要告訴別人。」

是黑律言傳來訊息。

「我能告訴誰？」

顏允茗這樣回應。

「別說遇見過我。」

頭。

原本她對這件事其實沒那麼在意，被黑律言這麼一警告，她反而興起了惡作劇的念

「我要和誰說？」

「我請妳吃飯，拜託，暫時不要跟別人提到我。」

顏允菭內心有種奇妙的感覺，對方是成年人，還是律師助理，現在居然低聲下氣地拜託她。

在十七歲的年紀，可不會有多少機會能被成年人拜託呢。

「好啊。」

第二章

「聯誼如何呀？有看對眼的嗎？」蘇雨菡壓低聲音問，同時東張西望。

「在找什麼？」顏允萏喝著冰咖啡，一邊抄寫蘇雨菡提供的作業解答。

「我怕晴海或是青岑又神出鬼沒。」蘇雨菡聳肩，「記得要有幾題寫不一樣的答案喔。」

「知道，我沒那麼笨。」顏允萏刻意把其中幾題的填答改成別的選項，「潘呈娜說那不是聯誼，是和未來的律師交流，妳卻說得像聯誼一樣。」

「異性互相認識，就是聯誼呀。」蘇雨菡搖搖手指，再次問道：「那妳有看對眼的嗎？」

顏允萏搖頭。

「什麼呀，眞無聊。」蘇雨菡不禁洩氣。

只是配合活動流程和一個男生交換聯絡方式，後來又在書店不期而遇，意外約定了下次的見面。

這並不代表看對眼。

顏允萏瞥了一眼自己的手機，認爲沒必要把黑律言的存在告訴蘇雨菡，反正吃完一次飯後，大概就不會再聯絡了。

「各位同學，怎麼還不回座？」二年四班的班導彭依苹挺著大肚子，拿著國文課本踏進教室，步伐雖不算太緩慢，但已經明顯有點吃力。

「老師，我們可以去辦公室扶妳的。」身爲班長的庾岷起身，一臉緊張地想上前攙扶。

「不用，太誇張了，老師只是懷孕而已。」彭依苹和丈夫結婚三年後，才決定要孩子，如今離預產期的日子不遠，但她還沒打算請產假，想工作到最後一刻爲止。

或許是懷了雙胞胎的緣故，她的肚子顯得比一般孕婦還要大，這讓家裡有四個弟弟妹妹的庾岷總是看得膽顫心驚，對班導的狀況也特別留意。

「之後老師請產假，沒人治得了你們這群小屁孩，我會請庾岷每天記錄班上狀況，等我回來跟我報告，懂嗎？」彭依苹半帶威脅的語氣聽起來很有一回事，不過學生們並不懼怕，畢竟彭依苹平常都和大家打成一片。

「我會盡忠職守，奉令行事。」庾岷五指併攏放在太陽穴旁，故作認眞地說。

「所以之後是哪位老師來代課呢？」一位同學舉手發問。

「到時候你們就知道了。」彭依苹一副神神祕祕的樣子，事實上她還不確定代課老師是誰。

「希望不是教物理的猩猩。」蘇雨菡低聲對顏允茖說，因爲物理老師很凶。

「但我覺得很有可能。」顏允茗也不喜歡物理老師，只是她是因爲討厭物理課，

「我可不想早自習考物理。」

「妳有差嗎？」蘇雨菡意有所指，畢竟她這學期都要把作業和考卷給顏允茗抄。

「還是有啦。」顏允茗眨眨眼，瞄了一眼突然震動的手機，是黑律言傳來了餐廳地址和約定時間。

她馬上用網路搜尋餐廳資訊，發現居然是與某部動漫合作的期間限定餐廳，這讓顏允茗有點訝異，又搜尋了這部名爲《惡魔勇者兵團》的作品。

《惡魔勇者兵團》所講述的，是有天誓不兩立的勇者與惡魔在激戰時，不小心交換了靈魂，於是他們只好私下協議假扮對方的身分生活，直到找到恢復原狀的辦法。這是個劇情搞笑卻又發人省思的成長故事，同時還有不少充滿魅力的女性角色，所以十分受歡迎。

顏允茗瀏覽了下介紹頁面的附圖，其中一張圖是《惡魔勇者兵團》中代表惡魔的旗幟，那天黑律言聯誼時所穿的衣服花樣，就是這個圖案。

「沒想到他這麼熱衷這套漫畫……好宅……」她忍不住輕聲說。

「什麼東西？」蘇雨菡聽見了，湊過來就要看。

「沒有啦。」顏允茗推開她。

「我還在這邊，妳們聊天聊成這樣？」彭依苹注意到了她們的互動，「既然如此，

就抽考吧。

「老師不要這樣啦……」蘇雨菡哀號。

顏允茖則是聳聳肩，反正她可以偷瞄蘇雨菡的答案。

✦

到了和黑律言約定的那天，顏允茖再次刻意化了較爲成熟的妝容，穿上熱褲和小背心。她稍微做過功課，查詢了K大法律系近期的活動，以及教授們的名字，以防與黑律言聊天時露出破綻。

既然先前已謊稱自己是K大法律系學生了，至少人設要維持好。

爲什麼黑律言不想她對其他人提起自己在書店見過他？爲了堵自己的嘴，黑律言還會做出什麼舉動？那張沒有表情的臉是否會跟那天在書店一樣，再次流露出驚慌失措呢？

想到這裡，她不由得偷笑。

不過一到達餐廳外，顏允茖瞬間傻愣在原地，眼前排隊的人龍長到誇張。難道她得一起排隊？

「啊，這邊。」黑律言神態自若地背對著人龍向她招手，他今天穿著紅色T恤，上頭的圖案是代表勇者的旗幟。

顏允莒皺眉走過去，心想排隊的人這麼多，黑律言卻沒在隊伍中，他該不會這麼耿直，等她也到了才一起去排隊吧？

「我們可以進去了。」沒想到黑律言直接轉身就要進入餐廳。

「等等，不排隊嗎？」顏允莒瞥了眼旁邊的隊伍，最前面的幾個人正瞪著他們。

「這邊是候補入場的隊伍。」黑律言語氣平淡，過長的瀏海依舊蓋住他的眼睛，背著土氣後背包的他熟門熟路地踏進餐廳，並且把手裡的號碼牌交給服務人員。

「不意外的一樣是一號呢，今天穿不同的團服來喔！」服務人員顯然很熟悉黑律言的到來，並且手指向窗邊，「幫你預留了老位子。」

「謝謝。」黑律言點點頭，往裡頭走去。

「誓死維護勇者尊嚴！」就在這時，那位服務人員忽然立正站好，大喊出這句話，接著餐廳內的其他服務生也全部跟著複誦一遍，嚇了顏允莒好大一跳。

她東張西望地跟在黑律言身後，那亮麗的外型與婀娜的身材，怎麼看都與這間餐廳格格不入。

「你很常來？」顏允莒環顧四周，幾乎每個客人都穿著《惡魔勇者兵團》的周邊T恤，上面大多是勇者或惡魔陣營相關的花紋，也有幾個人的衣服看不出來是什麼圖案。

「有的圖案代表平民和女巫集團，還有飛天爪牙。」黑律言看懂了她眼神中的疑問，開口解釋。

顏允茵注意到，服務生會依客人的穿著喊出不同口號，若是客人穿魔王旗幟的服裝，便會喊「誅殺勇者直至滅亡」；而若客人穿著一般服裝，則禮貌地說「歡迎光臨」。

「這邊的餐點我剩最後兩道沒吃過，就點那兩道吧。」黑律言把菜單放到顏允茵面前。

「哪兩道？」顏允茵趕緊查看菜單。

「一道是勇者在地下城吃的料理，漫畫裡提過這道料理非常辣。另一道是惡魔在勇者家第一次吃到的料理，因爲看起來比較普通，所以我一直沒點。妳要吃哪個？」黑律言滔滔不絕地介紹。

「呃……兩個都不想。」顏允茵指著一道名稱很浮誇的餐點，下方備注寫著「最受女性歡迎的套餐」幾個字，「我想吃『勇者老婆和惡魔老婆的美味料理』。」

「那個我吃過了。」黑律言皺眉。

「所以呢？那是我要吃的，又不是點給你吃的。」顏允茵不滿地回。

「因爲要一起分享啊。」黑律言小聲嘟囔。

「我沒有要跟你分享，各吃各的就好。」顏允茵忽然有點後悔赴約，來到這樣宅氣沖天的餐廳，還受他的氣。

兩人明明不熟，為什麼要一起分享食物？

「但一起分著吃才能吃到不同的餐點啊，妳看，我們已經準備點這兩道了，如果又點妳選的那個，會吃不完。」黑律言堅持。

「你就都點啊！吃不下再說！」顏允茖毫不退讓。「我想點自己想吃的！」

「可是這邊的餐點都很大份，吃不完妳要打包帶回去嗎？」黑律言振振有詞道。

「既然如此，不如我們都別吃了吧？」顏允茖露出微笑，拿起包包作勢起身離開。

「別別，我只是說說。」黑律言趕緊出言安撫，並請服務人員過來點餐。

這頓飯剛開始就十分不順利，兩人也因此陷入短暫的沉默。

見顏允茖逕自滑起手機，黑律言連忙咳了一聲，找了個話題，「我也是K大畢業。」

「喔，是喔……」顏允茖語氣敷衍。

「學校裡有座湖很美，但是在我念書的時候，大家都不敢靠近。現在呢？」

既然黑律言努力開啟話題了，顏允茖也願意配合。她在腦中搜尋，印象中確實曾在K大的官網上看過某座湖的介紹，頁面上的照片中有許多人圍在湖邊。

「嗯，現在不會特地避開了。」

聽到她這麼回應，黑律言僅是喔了聲，又問：「葉教授還是很喜歡拿學長姊的經歷來舉例嗎？」

「喔，對呀。」顏允茵瞎回。

「那他舉了哪些人當例子？」黑律言說著，上身微微前傾。

「沒什麼特別的，我上課不太專心。」顏允茵覺得不能再聊K大的話題了，硬生生另起新話題，「話說，律師助理的工作內容是什麼？」

「就是幫律師處理一些雜事。」黑律言簡短回應，似乎沒有解釋更多的意思。

此時餐點正好上桌，黑律言說的那道漫畫裡形容很辣的餐點，其實是以番茄調味，並與雞腿肉一同燉煮而成的料理；而所謂魔王第一次在勇者家吃到的料理，則是蔬菜炒飯，米飯粒粒分明，配料色澤鮮豔美麗，讓整道餐點看起來更加美味。

「看起來眞好吃……」顏允茵很訝異動漫主題餐廳的料理能有如此水準。

「這裡每一道餐點都很好吃，沒有地雷。」黑律言讚不絕口。

「聽你這麼說，我好期待我點的那道菜！」顏允茵眉開眼笑，沒注意到黑律言的表情有些微妙。

當服務人員端來她的餐點時，她看見盤子上是兩塊插著脆笛酥的提拉米蘇和黑森林蛋糕，上頭還淋了一大片蜂蜜，旁邊則是一球巧克力冰淇淋。

「這是？」顏允茵傻眼了，怎麼是甜點？

「所以我不是說那道我吃過了……」黑律言小聲說。

「你沒告訴我那是甜點！」

「我以爲妳喜歡甜點到可以把它當主食，下面的備注不是寫了『甜蜜蜜』嗎？」

顏允茵忍不住翻白眼，誰曉得甜蜜蜜代表甜食，「難道在故事裡面這道料理也是甜食？」

「對呀，這是粉絲都知道的事喔！」黑律言一臉驕傲。

「我又不是……」話還沒說完，她就被隔壁桌的客人瞪了一眼，顏允茵趕緊閉上嘴巴。

「哈哈。」黑律言驀地笑了，他把面前的兩盤食物推向她，「一起分著吃吧，還是妳想選哪一道吃？」

顏允茵回想起幾分鐘前自己凶巴巴的態度，不禁頗爲歉疚。

「我剛才還那麼凶……」

「沒關係，我也沒講清楚。我們就分著吃吧。」黑律言拿起一旁的盤子，把食物分裝好後遞給她。「那甜點呢？」

「也一起分吧。」顏允茵不好意思地笑了笑，「不過既然這道是甜點，爲什麼點餐的時候服務生沒有提醒我？」

「來這邊的大多都是粉絲，服務生理所當然認定客人都很了解菜單上的料理。」黑律言聳肩，「加上我點了兩道主菜，服務生自然覺得妳再加點一道甜點很合理。」

「好吧。」顏允茵看著那球巧克力冰淇淋，「先吃冰淇淋吧，不然它快融化了。」

「那我們快吃！」黑律言覺得在正餐之前先吃甜點也沒什麼，於是同意。

「早知道就聽你的。」

「是啊，下次聽我的吧！」黑律言開心地說，顏允菖卻愣了下。

下次？

難道還有下次嗎？

她在內心反覆咀嚼這兩個字。

這頓飯和她想像的不太一樣，她以爲自己可以主導一切，沒想到情況好像反過來了。

她決定將話題轉到今天見面的目的，「關於《寶寶小巫師》……你是爲了這件事才請我吃飯的吧？」

「爲什麼這麼說？」

「你不是因爲不想被人知道在看小孩子的漫畫，才叫我不要告訴別人？」顏允菖微微挑眉。

「啊……那也是原因之一。」黑律言欲言又止，「但我的意思是，別向任何人說妳遇見過我，也別說我在看那本書。」

「那不就是不想被人知道你在看小孩子的漫畫？」

「不全然是。」黑律言不願說明白。

「你當時爲什麼急著逃走？」

「我只是被嚇到了。」

「那你到底約我幹麼？」顏允茵邊說邊吃了口炒飯，立刻眼睛一亮，這美味的程度讓她無比驚豔。

黑律言彷彿讀出了她的想法，得意地說：「所以我才會一直光顧這家餐廳。」

「我以爲你是基於粉絲心態。」顏允茵一口接一口吃著，也不管嘴裡還有飯就張口回話。

「妳喜歡眞是太好了。」黑律言顯得相當滿意。

「你要不要趁現在說清楚，你約我出來目的是什麼？總不可能只是爲了讓我吃這些吧？」顏允茵沒有被美食迷惑，依然打破砂鍋問到底。

黑律言抓了抓後腦勺，「我不曉得會有K人的人去聯誼，不然我不會出席。」

顏允茵頓時感到好奇，「爲什麼？」

「我不想讓教授們得知我的近況，尤其是葉教授。」黑律言聳肩，「所以我才希望妳別跟任何人提起我。」

「那你要講清楚啊。」顏允茵沒好氣地說，「放心，我不會說的。」

「謝謝妳。」黑律言由衷道謝。

「不會。」顏允茵莞爾。她能和誰說？她只是個高中生呀，連K大的校門都沒踏進去過。

「不過，為什麼你不想讓教授們知道你的近況？」顏允萏又問。

「想保有神祕感。」黑律言隨口答，沒有再接續這個話題，而是拿起一旁的菜單，「這裡的飲料也很好喝，要不要試試？」

「你推薦什麼？」這次顏允萏學乖了。

「我推『勇者的初次體驗』，這款飲料的發想來源，是雙方交換靈魂後，勇者到惡魔市集買的第一杯飲料。」

「那就選這個吧。」

黑律言則點了杯含有酒精成份的「惡魔的寵物」，於是顏允萏又想到另一個問題，「為什麼你那天要幫我擋酒？」

「因為我發現妳好像不是很想喝。」

「我……也沒有不能喝。」顏允萏差點就說出自己未成年，「只是很少喝。」

「不想喝就直接拒絕，印象中K大這類酒會很多，不懂得拒絕很難生存。」黑律言語帶關心，就像在給後輩建議一樣。

「我明白了。」顏允萏點點頭，繼續假扮K大學生。「對了，你幾歲呀？」

「我二十七。」

足足比自己大了十歲，顏允萏在心中想著。

「妳是二十一歲吧？」

「嗯，大三。」顏允萏面不改色地說著謊。

「眞是年輕。」

「呵呵。」她乾笑。

用完餐點，兩個人便在餐廳門口道別。

「謝謝妳的幫忙。」

「謝謝你請客。」

客套地感謝彼此後，他們轉身朝不同的方向離開。

顏允萏邊走邊拿出手機打開LINE，盯著和黑律言的聊天室考慮了一會，最後決定留著。

反正，只要她別把頭像換回穿制服的照片就好，但被識破了也沒關係，畢竟也不見得會再聯絡，保留聯繫方式只是以防萬一。

她把手機放回口袋，過了馬路。

黑律言停下腳步，轉頭望向顏允萏的背影。她的穿著打扮像是行事作風外放的女性，言行舉止卻不然。

雖說每個人都有裝扮的自由，外表給人的感覺不一定就代表她眞正的性格，黑律言仍舊爲這樣的反差感到好奇。

他點開LINE，滑到顏允茗那一欄，左滑後刪除了這位新朋友。只是刪除，並不是封鎖。

他並非針對顏允茗，畢竟和她相處還算愉快。

只是如果可以，他不想和任何目前還在K大的人有所接觸。

✦

因爲吃了好吃的料理，再加上黑律言一講起劇情就雙眼放光，顏允茗對《惡魔勇者兵團》產生了興趣。

「妳看過《惡魔勇者兵團》嗎？」她詢問正在替她編頭髮的蘇雨菡。

「沒有，但是晴海很愛，他家有一整套漫畫。」蘇雨菡紮上髮圈收尾，幫顏允茗綁好了兩條辮子。

「他有買？那我可以跟他借嗎？」顏允茗透過鏡子看著身後的蘇雨菡。

「謝了。」

蘇雨菡轉轉眼珠子，「可以呀，我幫妳跟他說。」

「不過妳怎麼忽然對那套漫畫有興趣？」蘇雨菡拿著手機輸入訊息內容，同時好奇地問。

「還是這只是想接近晴海的藉口？」紀青岑面帶微笑，一隻手放在蘇雨菡的肩膀上。

「有夠神出鬼沒。」顏允茗翻了個白眼，「這裡不是你的教室，別隨便進來。」

「反正大家沒有意見啊。」紀青岑環顧四周。誰敢對年級第一的優等生有意見？

「別用眼神威脅大家了，我知道你靠上課做的筆記收買了班上幾個同學。」顏允茗擺擺手。

「欸，顏什麼的，借漫畫是嗎？」下一秒，北野晴海也來到走廊，從窗戶朝教室內喊。看見紀青岑後，他笑了聲，「你又來這？」

「你不也來了。」紀青岑聳肩。

「漫畫怎麼拿？」北野晴海走進教室，伸手揉了揉蘇雨菡的頭頂。

「頭髮亂了啦。」蘇雨菡抱怨，但也沒認真掙脫北野晴海的手。

「方便的話放學跟你拿，那套漫畫很多本吧？」

「兩個人單獨行動？」紀青岑一副看好戲的樣子。

顏允茗瞥了一眼蘇雨菡，蘇雨菡立刻推了紀青岑一下。

「行，放學來我家拿，要借多久都行，但不要折到書。」北野晴海大方表示。雖然他長相稚嫩，甚至稱得上可愛，但北野晴海可是這所青海高中的老大，打起架來是數一數二的狠。

「好，一起去吧。」顏允菡看著蘇雨菡，眼角餘光瞥見紀青岑一臉可惜，便又對他說：「怎麼？你是想把我和北野晴海湊對，好讓你……」

「妳別亂說話。」然而蘇雨菡打斷了她的話，兩個男生則是裝作沒聽見。

「那就這樣，放學見。」北野晴海聳聳肩，再次揉了下蘇雨菡的頭，轉身往教室外走去。

「我也走了。」紀青岑把筆記本放在桌上，「這是妳昨天要的。」

「謝謝。」蘇雨菡把筆記本收進抽屜，和紀青岑說再見。

兩個男生都離開後，顏允菡也準備返回自己的座位，卻被蘇雨菡叫住：「平常妳在我面前怎麼開玩笑都沒關係，但不要在他們兩個人都在的時候，開我們三個的玩笑。」

蘇雨菡說得認真，顏允菡想過自己或許該挖苦對方：你們三個關係不清不楚，還怕人家說喔？

不過她明白此刻的蘇雨菡開不得玩笑，他們三人之間剪不斷理還亂的關係，不是外人能評判的。

「我知道了。」顏允菡點點頭，並在心中提醒自己，這是蘇雨菡的地雷。

放學後，四人在校門口會合的畫面引來了討論眾人的側目與竊竊私語，平時都是紀青岑、蘇雨菡、北野晴海的組合，今天卻多了顏允菡。

這讓顏允茵不太習慣，幸好她長得一副不好惹的樣子，況且紀青岑是學年成績第一、北野晴海是校園老大，又有誰敢當著他們的面說三道四？大家頂多私下當八卦聊罷了。

北野晴海的家離學校不遠，走兩個路口就到了。當那獨棟建築映入眼簾時，顏允茵還以爲自己看錯了，能在學區購置獨棟的房產，家境該是何等優渥？她曾經過這棟建築好幾次，沒想到居然是北野晴海的住所。

「嚇到了吧？」蘇雨菡驕傲地說，彷彿房子是自家的。

北野晴海站在家門前看了下手機，露出略顯不悅的表情。

「我家今天有客人，就不招待你們進去了。」

「嗯，那我們去前面的公園等你。」蘇雨菡點頭，隨即和紀青岑一同離開，北野晴海則進了家門，顏允茵見狀也跟上蘇雨菡。

他們在公園等了一陣，聊著彭依苹老師即將請產假的話題，而後遠遠聽到北野晴海喊了聲：「喂——」

他不疾不徐走來，手裡提著兩大袋漫畫。

「這麼多？」紀青岑上前幫忙，兩人提著兩袋漫畫放到顏允茵面前，「妳這樣怎麼拿回去？」

「我家離這裡很近。」顏允茵彎腰試著提提看，覺得自己可以負擔。

「雨菡，我爸媽說要妳來我家坐坐。」北野晴海似乎有些尷尬，「他們從落地窗看見妳了。」

顏允茵不太理解氣氛突然變得詭異的原因，只見蘇雨菡聳聳肩道：「好，沒關係。」

「我幫妳把漫畫提回去吧。」紀青岑突然提議，這讓顏允茵相當意外。平常總是恨不得隨時待在蘇雨菡身邊的他，這時居然選擇幫忙她提漫畫回家，而不是跟著蘇雨菡？

顏允茵原想拒絕，蘇雨菡卻把其中一袋漫畫交給紀青岑，「那就麻煩你了。」她的語氣乍聽生疏且客氣，紀青岑微微一笑，而北野晴海擺了擺手，率先邁步。

蘇雨菡扯了扯嘴角，「允茵，拜拜。」

在這種狀況下，顏允茵也不好多問，於是她點點頭，提起另一袋漫畫。

顏允茵和紀青岑並不熟，因此這段路程有點難熬，好不容易抵達自己所住的大廈前，顏允茵連忙說：「到這就可以了，謝謝你。」

紀青岑把袋子交給她，「那就這樣吧。」

「等一下。」顏允茵從書包拿出一罐運動飲料，是剛才從公園的自動販賣機買來的，「給你。」

「為什麼？」紀青岑沒馬上接過。

「就當謝禮。」顏允茵將飲料硬塞進他手中，提起漫畫就往大廈裡走。

紀青岑打量著手上的飲料，用鼻子哼了聲，轉身離去。

站在管理室前的顏允萏回過頭，望著遠去的紀青岑。

顏允萏覺得，和平時在教室與她鬥嘴的紀青岑相比，此刻安靜又顯得寂寥的他，好像更眞實些。

回到家，顏允萏很快地看起《惡魔勇者兵團》。原本只是想在吃晚餐前打發時間，不料卻徹底沉迷在其中，連晚餐都是狼吞虎嚥吃完，便衝回房間繼續看漫畫，最後被父母訓斥了一頓。

等她眼睛發瘔地瞥了眼時間時，已經是半夜兩點多，她澡還沒洗、功課也沒寫。從來沒有對任何事物如此著迷的顏允萏十分驚訝，忽然理解爲什麼這套漫畫會這麼受歡迎，劇情明明無比老套，卻有種神祕的吸引力。

雖然還沒看完，但她很想快點和人分享心得，所以上網搜尋了相關討論，結果發現這樣很容易不小心被劇透，又趕緊關閉網頁。

和誰討論好？北野晴海？顏允萏思考著，可是她和北野晴海根本不熟，更沒有他的聯絡方式。

想來想去，她做了一個決定。

顏允萏點開黑律言的聊天視窗，輸入了一大段訊息，按下傳送。

第三章

黑律言一口喝下馬丁尼，皺了皺眉，把酒杯往前推。調酒師回收杯子，詢問是否要再來一杯，而他擺擺手，此時一隻骨節分明的大手放上吧檯，還附帶一張千元紙鈔，「兩杯琴通寧，我請。」

「你遲到了，皇甫絳。」黑律言看著在他身旁坐下的男人，語氣中並無不悅。

「臨時有起訴書要寫，才晚了些。」名爲皇甫絳的男人露齒微笑，將公事包與外套放在一旁。他的眼眸深邃，身著高雅西裝，頭髮整齊服貼。

「很難纏？」

「還好，快解決了。」皇甫絳漫不經心答道，環顧四周，「今天酒吧沒什麼人。」

「晚點就難說了。」黑律言接過調酒師送上的琴通寧，「你和他還沒和好？」

聞言，皇甫絳表情一僵，「你怎麼知道？」

「因爲我也有約他，可是他說你來的話，他就不來。你們是小孩子嗎？」黑律言哼了聲。

「這次是我不對。」皇甫絳喝下一大口酒，感受酒精的強勁直衝鼻腔，「爲難你夾在中間了。」

「沒什麼。」黑律言是真的不在乎，反正他這兩位好友從學生時代就時不時吵架，比女生還麻煩。

「對了，謝謝你上次臨時代替我去那場聯誼。」皇甫絳把手邊的提袋遞給黑律言，「謝禮。」

「客氣什麼。」袋子裡是《惡魔勇者兵團》的外國限定畫冊，黑律言滿意地收下。

「你從以前就喜歡這部動漫，這麼多年一直都沒變。」皇甫絳稍微鬆開領帶，「M大的學妹水準怎麼樣？」

「還行，不是花痴，整場飯局幾乎都在聊律師相關的話題。」說完，黑律言頓了頓，「但其中有個K大的學生。」

「喔？沒聽說K大的人會去啊。」皇甫絳瞄了他一眼，「你有問她葉教授提過你嗎？」

黑律言搖頭，「那學妹似乎不太想聊K大的事，這樣也好。」

「唉，所以我說，你也來當律師不就好了？」皇甫絳嘆氣。

他們是K大法律系的同學，黑律言更曾是備受期待的明日之星，然而畢業後他沒有去考律師執照，而是選擇了完全不同的道路。

「我對當律師沒什麼興趣。」黑律言聳肩。

「那有看對眼的嗎？」皇甫絳換了話題。

「別傻了，她們是大學生耶，年紀差那麼多。」

「我記得那些女生是大三左右吧？二十一歲，不小了。」皇甫絳大笑，「K大那個呢？」

「我不想跟K大的人扯上關係，早就把她從好友中刪除了。」

「原本你們還有加好友呀？」皇甫絳沒放過這個調侃的機會。

「別鬧，我已經……」話還沒說完，黑律言的手機響起訊息提示音，他愣了下。凌晨兩點，有誰會傳訊息來？

「誰？」皇甫絳臉色一凜，「難道是夜蒼？」

「應該不是，我十點多約他來時，他說他要睡了。」黑律言拿起手機，「你快跟他和好吧，無聊的友情遊戲要玩多久？」

皇甫絳僅是不置可否。

開啓螢幕，黑律言辨明傳訊者是誰後嚇了一跳。

傳訊息過來的是顏允茵，已經被他刪除好友的K大學妹。

難道是葉教授要她與他聯繫？黑律言不安地猜測，點開訊息卻發現那其實是關於《惡魔勇者兵團》的長篇感想。他不自覺地嘴角微勾，顏允茵的見解意外地精闢，甚至注意到了許多伏筆。

「看來妳看得很仔細，連那些伏筆都發現了，不過依照妳的進度，距離解開那些伏筆還有一段路要走。」

他簡短地回應，接著思索了一陣，正準備再回些什麼時，顏允菡又傳來訊息。

「再帶我去一次那間餐廳好嗎？這下子我可以帶著朝聖的心態去了！」

這請求讓黑律言猶豫了，他想和K大的人保持距離，可顏允菡是《惡魔勇者兵團》的同好，他怎麼能拒絕同好呢？

不，同好又如何？

因此他回覆：「我最近比較忙，妳可以和朋友一起去。」

顏允菡沒想到會被拒絕，不禁覺得有些丟臉。

她上網搜尋餐廳資訊，除了得知排隊人潮始終洶湧，還有不少人提到一個傳聞——無論多早到場都拿不到一號號碼牌，所以大家都懷疑一號是專門留給熟客的，不過對此餐廳方面從來沒回應過。

顏允菡想著自己有辦法一大清早就去排隊嗎？應該沒有。那麼，關於走後門的傳聞是真的嗎？

「好吧，就這麼做吧，雖然卑鄙了點。」她盤起雙腿坐在床上自言自語道，決定再次傳訊息給黑律言。

正準備加點一些小餅乾配酒的黑律言目光落在亮起的手機螢幕上，隨即瞪圓了眼睛。

「以下三種狀況，你覺得哪種最讓你困擾？第一，被大家知道你和朋友曾持一號號碼牌到《惡魔勇者兵團》合作餐廳吃飯。第二，被大家知道你會看《寶寶小巫師》。第三，將以上兩件事告訴葉教授。」

沒想到這學妹還懂得威脅，而且直擊要害。

「到底是誰傳訊息給你？你居然在笑？」皇甫絳靠過來想看，黑律言立刻用手遮住螢幕，皇甫絳皺眉抱怨，「小氣。」

「彼此彼此。」黑律言說完，回傳訊息給顏允莒。

「妳想什麼時候去餐廳？」

收到訊息，顏允莒忍不住大笑。

約好日期後，黑律言猶豫了一下又問：「這個時間還醒著，妳是剛從夜店離開嗎？」

顏允莒盯著手機陷入思索。大學生是不是都會去夜店？該怎麼回應才比較有大學生的樣子？

「已經回家了，晚安啦。」最後，她這麼回覆。

黑律言挑眉，把手機放回桌面，此時兩個漂亮的女生過來搭訕，「先生是兩個人嗎？不介意的話要不要一起……」

「哎呀，我當然不介意，但我朋友……」皇甫絳對她們揚起燦爛的笑容，又馬上為難似的看向黑律言。

黑律言無動於衷，兩個女生自討沒趣，便悻悻然地離開了。

「別總是拿我當擋箭牌，你明明本來就不會答應。」黑律言喝下最後一口酒。

「幫個忙嘛。」皇甫絳陪笑。

「那你也幫個忙，我要再帶朋友去一次那間餐廳。」黑律言學著他的語氣。

「到底是哪位朋友啊？難得你會帶朋友去，而且還不只一次。」皇甫絳一邊好奇地詢問，一邊傳了訊息給餐廳老闆。

黑律言並不打算多說，「反正不是你想的那回事。」

「是我想的那回事才好。」皇甫絳也喝下最後一口酒，「你差不多該忘了她吧？」

黑律言默不作聲。

見狀，皇甫絳識相地轉移話題，「那天你們直接過去就可以了，一樣會為你保留一號號碼牌。」

《惡魔勇者兵團》合作餐廳的老闆幾年前曾經委託皇甫絳打民事官司，最終獲得極爲滿意的賠償，因此只要皇甫絳有需求，老闆名下的各家餐廳都會無條件爲他保留座位。

這也是爲什麼之前黑律言會答應代替皇甫絳參加聯誼，畢竟是託皇甫絳的福，他才能不用排隊就拿到號碼牌，拿人手短啊。

啊，不過限量畫冊是謝禮，兩者不一樣。

「謝了。」黑律言起身，順手拿過自己的外套。

「黑律言，別在意我剛才說的。」皇甫絳拍拍他的肩膀。

黑律言抓緊外套，本想回應些什麼，最後只是轉身離開。

「眞是傻子。」皇甫絳搖頭，從口袋拿出手機，點開和周夜蒼的聊天視窗，猶豫再三後，又關閉了螢幕，「我也是傻子。」

他拿起外套與公事包，離開了酒吧，而黑律言早已搭上計程車。

回到租屋處洗完澡，黑律言將濕漉漉的頭髮往上撥，露出飽滿的額頭，身前的落地窗隱約映出他精緻的五官和結實的身材。他俯瞰著下方的車水馬龍，一旁的桌面上放著幾集《寶寶小巫師》漫畫，其中一本的書皮落在地上，可以看見折口處印有作者的照片。

黑律言將它撿起，看了一眼照片裡的女人，將書皮重新套回書本，把那疊《寶寶小巫師》全數收進桌邊的箱子。

✦

蘇雨菡驚奇地打量著臉上出現黑眼圈的顏允蓄，還伸手戳了幾下，「妳不是很寶貝妳的皮膚嗎？怎麼會讓自己冒出黑眼圈？眼睛還腫腫的。」

「看漫畫看得太晚了。」顏允莒正拿著冰敷袋敷眼皮。

「有這麼好看？」紀青岑忽然也將什麼東西貼到顏允莒臉上，那溫度嚇了她一跳，原來他手裡拿著一條熱毛巾，「熬夜的話要熱敷，不是冰敷。」

「是嗎？」顏允莒還在疑惑，紀青岑已經直接把毛巾放上她的眼睛，她猛地驚叫：「哇！」

「自己扶著，我手很痠。」說完，紀青岑在旁邊的位子坐下，見蘇雨菡望著他眼珠一轉，隨口問：「怎麼了？」

「你怎麼會拿熱毛巾來？」

「我早上就注意到她眼睛腫腫的。」紀青岑淡淡說。

蘇雨菡聞言倒是笑得很開心。

「你對我這麼好幹麼？」顏允莒懷疑天要下紅雨了。

「不過是一條熱毛巾。」紀青岑聳聳肩。

即便時常和蘇雨菡在一起，顏允莒也沒少受過紀青岑的冷嘲熱諷，紀青岑明明連重物都不會幫女生拿，更何況是特地幫女孩子準備一條熱毛巾？

顏允莒唯一能想到的理由，就是這是運動飲料的回禮。沒想到一罐飲料就能讓紀青岑為她準備熱毛巾，這回報還眞是出乎意料。

至於蘇雨菡之所以開心，是因爲紀青岑終於願意和她最要好的朋友和平相處了。

然而在其他人眼裡，這不僅是一條熱毛巾而已，畢竟除了蘇雨菡，紀青岑本來對所有女生都是公平地無視。況且昨天放學時，紀青岑、北野晴海、蘇雨菡的三人組合加入了顏允菭這件事，早就傳遍校園，甚至有人目睹紀青岑送顏允菭回家，這讓許多女生頓時對她產生了敵意。

北野晴海和紀青岑非常受歡迎，兩人卻只在長相普通的蘇雨菡身邊打轉，那爲什麼蘇雨菡沒被人盯上？這當然是由於北野晴海和紀青岑嚴密地保護著蘇雨菡，才沒有人敢找她麻煩。

顏允菭就沒有同樣的待遇了，雖然她的外型看起來不太好惹，但嚴格說來，她不曾做過什麼出格的行爲，似乎不足爲懼，於是有些女生便壯起膽子，開始在背地裡說她壞話。

謠言逐漸發酵，說顏允菭總是周旋在不同的男人之間，如今的目標還是好友蘇雨菡的曖昧對象——紀青岑與北野晴海。

就這樣，顏允菭成了青海高中最熱門的地下八卦主角。

顏允茵僅僅花了三天，就追到了《惡魔勇者兵團》最新的劇情進度，並熱切期待著再次前往餐廳朝聖。約定的日子很快便到來，這一次她特意模仿了故事裡惡魔城祕書這個角色的妝容，還將長髮綁成雙馬尾，可謂做足了準備。

她抵達餐廳，果不其然外頭又是人滿爲患，而黑律言跟先前一樣已經在餐廳門口等著，不過他身上的服裝與上次不同，似乎與作品本身並無關連。

「你今天沒cosplay？」顏允茵雙手叉腰。

「初心者才會打扮成祕書。」黑律言搖搖頭，「我這是高階裝扮。」

顏允茵皺眉，仔細端詳起黑律言的服裝。土黃色背心搭配紅色襯衫，加上綠色長褲和黃色布鞋，髮型還是服貼的中分頭，看起來非常矬。

「嗯……」顏允茵歪頭想了想，毫無頭緒。這裝扮一定是人界的角色，可是她沒印象故事裡有誰穿成這樣。

「妳還太淺了。」黑律言一臉得意，轉身就往餐廳走去。

「等一下，爲什麼他可以先進去？」旁邊排隊的人忽然發難。

顏允茵一陣心虛，焦急地看著黑律言和服務人員，只見黑律言置若罔聞地踏進餐廳，服務人員則客氣地笑著解釋：「那位客人拿的號碼牌是一號喔。」

「怎麼可能，我今天第一個到耶！」出聲的人十分氣憤。

「他就是比您還要早到。您也可以進來用餐嘍。」服務生說著，準備帶領對方入內。

「做什麼呢？還不進來？」黑律言回頭問顏允茵。

「啊……」她趕緊走到他身邊，來到老位子入座後，她低聲說：「這樣好嗎？你走後門拿到一號號碼牌，會不會被人找麻煩？」

「是誰要求的？」黑律言挑眉，「況且我又不常這麼做。」

「既然你每道餐點都吃過了，我想你應該滿常這麼做的吧。」顏允茵不禁笑了出來，「這次我想吃惡魔第一次去人界餐廳時點的食物，還有勇者自己做的料理。」

說到這裡，顏允茵靈光一閃，抬頭看向眼前的黑律言。

「你的裝扮是惡魔和勇者交換靈魂後來到人間，第一次試圖打扮成人類的樣子！」

黑律言露出滿意的笑容，「是啊！不錯嘛妳。」

「我沒想到會是紅色和黃色、綠色這種誇張的搭配，你是怎麼知道配色的？」顏允茵上下打量他。

「看過動畫就會知道啊，妳沒看嗎？」黑律言相當震驚，隨即滔滔不絕說起動畫版的美好，從音效、音樂到剪輯和分鏡都如數家珍，聽得顏允茵心癢難耐。

「我回家後馬上看！」

顏允茗開心地享用餐點，看著她毫無顧忌、大口吃飯的神態，黑律言總覺得這樣的她與過於濃豔的妝容有些搭不起來。

「妳到底是……」

「什麼？」

「沒事。」黑律言把想說的話吞了回去。其實他是想問，顏允茗到底是哪種類型的女孩？明明外型豔麗成熟，言行舉止卻又處處流露出少女的純眞。

吃飽後離開餐廳，黑律言特地提醒顏允茗：「我已經滿足妳的願望了，別再威脅我了，也別和教授提到我，知道嗎？」

「當然！」顏允茗用力點頭，「不過，我偶爾想和你討論漫畫，可以吧？」

黑律言猶豫了一下，如果只是討論漫畫，應該沒關係，「嗯。」

「嘿嘿。」顏允茗高興地笑了，朝前方的飲料店走去，「我請你喝飲料，當作回禮。」

望著她纖細婀娜的背影，黑律言內心湧過一絲暖流，許久未有波瀾的心湖終於有了一點起伏。

他點開手機螢幕，重新把顏允茗加回LINE好友。雖然他不想和別人深交，尤其是K大的學生，但能有個人一起討論喜歡的事物，好像也挺不錯。

「對了，之後《惡魔勇者兵團》電影上映，妳會想看嗎？」於是黑律言開口邀約，還喝了口飲料掩飾自己的緊張。

過往每逢《惡魔勇者兵團》系列電影上映，他總是獨自前往觀看，這還是他第一次在現實生活中遇見合拍的同好。

「居然有電影？我想看！」顏允茵瞪大雙眼，同時心想得快點先追完動畫進度才行。

「上映之後，我們一起去看吧。」黑律言微微一笑。

「你笑了。」顏允茵驚奇地說，黑律言聞言立刻板起臉孔，她不禁皺眉，「幹麼？你不能笑嗎？」

「沒什麼。」黑律言視線落向前方。

「話說回來，我好像是第一次清楚看見你的五官，平常你的瀏海都遮住眼睛。」顏允茵盯著他的臉，「是因為當律師的關係嗎？所以才要保持面無表情？」

「不是。」黑律言並不是律師，甚至沒踏入法律相關行業，他走上了完全不同的道路。「倒是妳，如果以後要當律師，穿著必須改變一下。」

作為學長，黑律言自覺有義務提醒學妹，雖然顏允茵今天的打扮算是cosplay，但以這兩次見面來說，她的穿著風格都過於突顯身材，容易給人不夠專業的印象。

「我想穿自己想穿的衣服。」顏允茵不以為然，反正她又不會進入法律界。

黑律言聳聳肩，不再多言。

✦

「北野晴海。」

某個平日的午後，顏允莔一個人來到二年九班門口。

「哦？」北野晴海正和一群朋友在教室後面的空地玩用垃圾打棒球的遊戲，一見到顏允莔，他放下手中的球棒來到門口，一手撐在門框上，「怎麼了？」

「我想還你漫畫，但沒你的聯絡方式，雨菡今天也請假。」顏允莔自然地說，但從四面八方投來的扎人視線令她感到芒刺在背。

「啊，不急啦。」北野晴海親切地笑著，高大的他傾身過來，影子幾乎籠罩住顏允莔，「不過那麼多集，才幾天妳就看完了？」

「嗯，因爲我想快點追動畫。」顏允莔嘆氣，「可是網路上找不到畫質清晰的動畫，而且字幕都是簡體字。」

「我有買一整套DVD，也可以借妳。」北野晴海不假思索地說。

見顏允莔露出計謀得逞的愉快笑容，北野晴海一愣，接著說：「哇，這就是妳的目的吧？」

「嘿嘿，雨菡說你有動畫DVD，讓我直接向你借！」顏允茗把和蘇雨菡的聊天訊息給北野晴海看，「但我不好意思開口就借，所以……」

「不用搞這些，以後直接講就好，我會借的。」北野晴海覺得顏允茗把心眼用在這種地方十分有趣。

「太謝謝你了，那明天……」

「放學先去妳家拿漫畫，然後再去我家拿DVD吧。」

「我不是很急，等明天雨菡來了再……」

「何必呢。」北野晴海爽朗地笑了兩聲，「放學見。」

說完，他拿起地上的球棒，繼續和朋友們玩起來。

在走回教室的路上，顏允茗傳了訊息告訴蘇雨菡這件事。雖然蘇雨菡沒和北野晴海交往，但她可不想讓蘇雨菡從別人嘴裡聽見自己跟北野晴海單獨在一起。

「知道了，其實不需要特地跟我說啦，哈哈。」

然而蘇雨菡的回覆令她忍不住懷疑，難道他們三個就只是單純的好朋友，不像外界或是她以爲的那麼曖昧不清？

不過蘇雨菡說過，別在兩個男生面前調侃他們的關係，所以顏允茗決定不多問。

本來她想，或許找紀青岑一起會比較好，可是在蘇雨菡請假的這天和這兩個男生共處，似乎更不妥。

最後她獨自回到教室，沒有去找紀青岑。

放學時間到來，她以爲北野晴海會在校門外等，至少避人耳目。她急匆匆地整理好書包，正要起身趕去與他會合時，卻發現走廊上起了一陣騷動。

「顏允苢，快點。」北野晴海高聲呼喊，全班同學的目光頓時都落到她身上。

她愣住，沒想到北野晴海會大剌剌地來到教室外找她，更沒想到他還在眾目睽睽下叫了她的名字。

「喔！」顏允苢感受到女同學們嫉妒的視線，也注意到男同學們不解的神情，她趕緊走出教室，「你怎麼直接過來了？」

「不是要去妳家拿漫畫嗎？我晚點還有事，這樣比較快。」北野晴海大聲地說，絲毫不在意他人的注目。

北野晴海和顏允苢一同離開學校的消息傳遍了校園，不少人都更加確信她有意爭搶朋友的對象，而顏允苢直到過了好一陣子之後才明白，這個謠言造成的影響遠比她所想像的還要大。

北野晴海的機車就停在校門旁的巷子裡，明明家裡離學校不遠，卻仍每天騎車到校。

他打算騎機車載顏允茵，所以兩人必須穿上外套遮掩校服。顏允茵雖然打扮得像個太妹，但本質上可不是，因此她不免有些緊張，她連蹺課這種事都沒做過，唯一的不良行徑就只有作弊了，畢竟她確實抄了蘇雨菡的考卷。

「放心，不會被抓到的。」北野晴海說得輕鬆，事實上不管是被校方還是警察抓到，他都不在意。

坐上北野晴海的機車後座這件事意味著什麼，顏允茵不是不知道，她猶豫再三，不敢動作，最後是北野晴海強拉著她上車。

「別慢吞吞的，動作快的話不到半小時就結束了！」北野晴海催促顏允茵，他給她穿的外套平常都是蘇雨菡在穿。

就這樣，他們先來到顏允茵家樓下，北野晴海一停好車，她便脫下外套和安全帽衝進家門，放下書包並迅速換掉制服。告訴家人要外出一會後，她提著兩袋漫畫返回一樓門口，見到北野晴海靠在機車旁邊抽菸。

顏允茵愣了下，脫口而出：「未成年不能抽菸。」

「妳和雨菡講了同樣的話。」提到蘇雨菡，他臉上流露出笑意。捻熄了菸，他跨上機車，「反正總有一天會成年，不是嗎？」

「那可以等到成年後再做那些事。」顏允茵聳肩，「算了，當我沒講，我沒資格管你。」

「那妳覺得誰有資格？」已經戴上安全帽的北野晴海轉過頭，瞇眼笑著問。

「蘇雨菡。」

「沒有人可以管我。」北野晴海語氣淡然，接過她提著的漫畫放到機車踏板上，「連雨菡也不能。」

顏允莒覺得他似乎話中有話，不過依舊選擇不過問。

北野晴海和紀青岑是蘇雨菡的朋友，不是她的朋友，所以再怎麼樣她都不該刻意關心這兩人，這是她自己在心裡畫下的界線。

很快，他們抵達北野晴海的家門前，這次換顏允莒在外面等候，北野晴海他家的外觀無論看幾次都儼然是座生人勿近的超高級豪宅。待北野晴海將《惡魔勇者兵團》的DVD交給她後，兩人便互相道別。

北野晴海不需要客套地說要送她回家，他們兩個會有交集，不過是因爲蘇雨菡，他們彼此心知肚明。

顏允莒提著兩袋DVD慢慢走回家，經過公園的時候，她將袋子放到長椅上稍作休息，拿出手機查看好友的動態。

前方有兩名男人正在爭論什麼，引來公園裡其他人的注意，其中那名頭髮中分、髮絲微卷的男子十分有型，身上穿的也是名牌服飾，而他的表情明顯帶著急躁。

「皇甫絳和我已經不是朋友了。」

「周夜蒼，你們是小孩子吵架嗎？」另一個男人是黑律言，他咬著冰棒直搖頭。

「他叫你來跟我說的？」周夜蒼看了一下手錶，「我很忙。」

「我說過了，和皇甫絳沒關係，我只是剛好有事找你。」黑律言嘆氣，先提到皇甫絳的人分明是周夜蒼。

「……他眞的都沒找我？」周夜蒼的語氣隱隱有一絲失望。

「我不想參與你們幼稚的吵架。」黑律言不予理會。

「我想跟你說件事。」周夜蒼一直猶豫該不該說，但最終還是選擇告訴黑律言。「她很久沒來找我了，可能換了心理師，也可能是不再需要心理諮商。」

「喔。」黑律言知道周夜蒼話裡指的是誰，但除了這一聲「喔」，他不知道要回些什麼。

「畢竟她事業很成功，也很忙碌，我想或多或少沖淡……又或者說，放下了。」周夜蒼起身，「她就算了，需要和我約時間的人應該是你。」

「我怎麼會需要？」黑律言臉色一沉。

見狀，周夜蒼只能換個話題，「你……爲什麼不選擇成爲律師？」

「誰說念法律系就一定要當律師？」

「算了，就這樣吧。」周夜蒼也不多說，「我晚點還有要晤談的個案，先走了。」

「嗯。」

「對了，今天你和我見面的事，別告訴皇甫緈。」

「我懶得再管你們。」黑律言搖頭。從大學到現在，他的這兩個朋友始終都很幼稚，這份孽緣卻不曾中斷。

目送周夜蒼離去後，黑律言突然發現坐在對面長椅上的人有點眼熟，仔細一瞧，居然是顏允菖。他趕緊又望向周夜蒼，好在對方已經走遠。

要是被周夜蒼得知自己認識了新的女生，免不了又要被追問一番，更別說他可能會告訴皇甫緈……不，他一定會告訴皇甫緈，他可不想接受朋友的過度關心。

黑律言起身朝顏允菖走去，而正在滑手機的顏允菖沒意識到有人接近，直到黑律言站在她面前，她才後知後覺地抬頭。

「是你！」她驚呼，「你怎麼在這？」

「妳才怎麼在這，晚上沒讀書會嗎？」

「讀書會？」顏允菖一頭霧水。

「我記得系上以前晚上都有讀書會。」

啊，是在說K大嗎？

顏允菖心中一驚，連忙低頭看向身上的衣服，才想起自己早已換下制服，暗自鬆了口氣。

「我沒有參加，因爲我要看這個。」顏允菖邊說邊指了指旁邊的袋子。

黑律言湊上前查看，袋子裡裝滿《惡魔勇者兵團》的動畫DVD，他不由得瞪大眼睛。

「妳的成績好嗎？」

「挺不好的。」顏允菖老實回答。

「我想也是，妳花這麼多時間在看動漫，怎麼有空念書？會被死當吧。」黑律言記得自己在大學時期，花費許多時間在研究法條和閱讀大量開庭資料上。

顏允菖本來想向黑律言坦言自己並不是K大的學生，不過這樣一來，如果之後她想再去《惡魔勇者兵團》合作餐廳，就沒辦法威脅黑律言帶她去了。

「沒關係，我有朋友能幫我。」於是她這麼說，「而且電影是第三季動畫的後續，所以我一定要在上映前看完第三季。」

「沒想到妳會這麼著迷，妳的外表不像是會喜歡動漫的人。」

「我以前的確不是，但這套作品很好看。」顏允菖笑了，「我在考慮之後是不是也來看看《寶寶小巫師》，畢竟你也喜歡，感覺你的眼光應該不錯。」

聞言，黑律言臉色一變。

「呃，我不該提到《寶寶小巫師》嗎？因為它是小孩子看的東西？」顏允菖嚇了一跳。

「不，《寶寶小巫師》也很值得看。」黑律言盡量輕描淡寫地說，拿起其中一個袋子，「妳家在這附近嗎？」

「就在前面而已。」她看著他的動作，「你要幫我提回去？」

「反正在附近。」黑律言聳肩，率先邁開步伐。

跟上黑律言的腳步，顏允菬有種奇妙的感覺，一個不算熟悉，也不全然陌生的男人竟然要送她回家。

今天的黑律言看起來和聯誼或吃飯時都不一樣，他穿著款式休閒的黑色上衣和短褲，腳上踩著拖鞋，顯得相當隨興。

「你也住在這附近嗎？」

「算是。」黑律言簡短回應。

「你平常上班會穿西裝嗎？」

「不太會。」

「我以爲律師助理都要穿西裝。」顏允菬說。

黑律言怔了怔，發覺自己差點忘記律師助理的設定。

現在告訴她自己不是律師助理，應該沒關係吧？黑律言陷入沉思。不，要是哪天葉教授忽然提起他，難保顏允菬不會說溜嘴，倘若葉教授等人得知他居然……以防萬一，還是讓顏允菬繼續誤會下去好了。

「我待的律師事務所比較隨意一點，不過律師們都會穿西裝。」

「原來是這樣。」

兩人聊著聊著，很快來到了顏允菡所住的大廈前，她向黑律言道謝，並接過袋子。

「謝謝你。」

「不會。妳大概什麼時候會看完第三季？」

「怎麼了嗎？電影是一個月後上映，我應該可以在那之前……」

「我能拿到試映會的票。」黑律言截斷她的話，「我是資深粉絲，參加過很多活動，之前抽獎抽到了兩張票。」

「什麼？你好厲害！」顏允菡語帶驚訝。

「但試映會的時間是三個禮拜後。」

「啊，我可以，一定可以的！」

見顏允菡急著答應，黑律言忍不住笑了，「那就約好了。」

「好！約好了。」顏允菡伸出手指和他打勾勾。

面對她突如其來的天眞舉動，黑律言微微臉紅，「嗯。」

他和顏允菡打完勾勾後立即抽回手，與她道別。

夕陽餘暉灑落在道路上，拉長了黑律言的影子。即便走遠了，那影子依舊落在顏允菡的腳尖前方，只要踏出一步就能踩到。

顏允菡覺得這樣的距離相當舒服，心頭有點癢癢的。

第四章

有時事情總是發生得令人措手不及，某日彭依苹講課時，忽然摸著肚子皺眉，下一秒羊水居然破了。

全班同學都嚇傻了，彭依苹自己也是，庚岷見狀趕緊拿起手機撥電話求助，接著同學們也將外套覆蓋在彭依苹身上，並立刻找在隔壁上課的老師過來幫忙。

一陣兵荒馬亂後，彭依苹搭上其他老師的車子，趕往婦產科診所。

「由於事發突然，原本找好的代課老師還無法過來支援，所以這個禮拜會由幾位老師輪流來你們班代課。」教務主任在講臺上宣布。

庚岷暗自計算彭依苹原本的預產期，發現竟提早了快一個月生產，而大家都很疑惑爲何他會對老師的預產期這麼清楚，一問之下才得知庚岷家裡開設婦產科診所，彭依苹正是在他家診所進行產檢。

「我想到還是覺得有點激動。」蘇雨菡撫著心口，「生小孩好辛苦。」

「幸好庚岷說老師是順產，生得很快。」顏允萏接話。

「是呀，而且雖然是早產，但寶寶很健康，眞是謝天謝地。」

兩人正聊著，庚岷來到她們的座位旁邊，把一張紙放在桌上，「這是探望老師的時段調查表，想去的話就把名字塡上去，一個時段只能兩個人。」

「我們當然要去啦。什麼時候好？」蘇雨菡徵詢顏允菡的意見。

「這禮拜六如何？」

「可以，那我就寫上去嘍。」蘇雨菡點點頭，在調查表上寫下她們的名字。

「好，到時候再聯絡。」庾岷拿回紙張，走向下一位同學的座位。

「話說，妳最近有聽到不好的傳聞嗎？」蘇雨菡指的是現前校園中最廣爲流傳的那椿八卦，顏允菡不是完全沒有耳聞，只是她毫不在意。

「關於我和北野晴海還有紀青岑的事嗎？笑死人了，我少數和他們單獨相處的那幾次妳也都知道。」

「那些人說妳趁我不在勾引他們。」蘇雨菡說著，自己都笑了出來，「爲什麼要說妳壞話？」

「我的外表本來就很容易被誤會成狐狸精，我已經習慣了。」顏允菡頓了下，「我比較在意妳會不會介意。」

「我不介意，我很清楚你們之間根本沒什麼。不只妳會跟我報備，他們兩個也會。」說完，蘇雨菡又輕笑了聲，「我覺得有趣的是，爲什麼不罵我，而是去說妳呢？」

這點顏允菡也很好奇，「可能是因爲他們兩個會保護妳吧？也可能是因爲你們看起來真的就只是很好的朋友，只不過剛好性別不同。」

後面這句話她其實說得頗為心虛，畢竟不管怎麼看，蘇雨菡和那兩個男生的互動都超出了好朋友該有的界線。

「允茵，妳是我的好朋友，我才告訴妳。」蘇雨菡四下張望，確定沒人在聽，才又小聲開口，「我兩個人都喜歡。」

對於蘇雨菡這番具有強烈衝擊性的宣言，顏允茵倒沒有太驚訝。這樣一來就合理了，蘇雨菡兩個都喜歡，所以沒有辦法做選擇。

那紀青岑和北野晴海呢？他們知道蘇雨菡是這麼想的嗎？

他們喜歡蘇雨菡嗎？嗯，這個問題的答案很明顯，顏允茵能肯定，他們一定是喜歡蘇雨菡的。

喜歡她喜歡到能夠接受另一個男人的存在嗎？這點顏允茵就無法肯定了。

算了，還是別管太多。

顏允茵很清楚，如果想要維持和蘇雨菡的友誼，就別隨意過問對方的感情，尤其別自以為站在道德制高點指手畫腳。

✦

晚上，顏允茗來到上次與黑律言見面的那座公園，坐在了鞦韆上。

沒多久，一陣腳步聲接近，停在她身後。顏允茗回過頭，看見黑律言手提紙袋，穿著居家服和拖鞋，打扮依舊隨意。

「這個給妳。」黑律言將紙袋交給她，裡頭是《惡魔勇者兵團》的限量畫冊。

「謝謝！」顏允茗開心地起身接過紙袋，而黑律言在旁邊的鞦韆上坐下。

這些日子以來，她和黑律言幾乎天天都會傳訊息聊天，一開始話題大部分圍繞著《惡魔勇者兵團》，但最近漸漸會聊起一點個人生活，兩人之間的距離好像拉近了許多。

「妳眞的是我見過最閒的法律系大三生。」黑律言邊說邊盪著鞦韆，幾乎掩住大半面龐的瀏海隨之被風吹起。

「你也是我見過最閒的律師助理呀。」顏允茗也盪起鞦韆，長髮因她的擺動而飄揚。

「怎麼說？」黑律言饒富興味地看著她。

「訊息總是回很快，每次約你也都有空，而且隨時都是居家打扮，表示你大多待在家裡吧？」顏允莒說出自己的觀察，笑得有些得意。

「我不是每個人的訊息都回得快。」黑律言忽然站起來，抬手抓住她坐的鞦韆的兩邊鐵鍊，他高大的影子覆在她身上，顏允莒一愣，發現自己的視野中只剩下黑律言一個人。

「這是什麼……意思？」她愣愣地回，感覺四周的聲音彷彿都消失了，唯有黑律言的氣息圍繞在她身邊。

這是她第一次真切地意識到，黑律言是個二十七歲的男人，而不僅僅是和她一起去動漫餐廳的宅男。

認知到這一點後，她的臉驀地紅了起來。

見狀，黑律言趕緊鬆開手，尷尬地咳了聲並稍微退開，「因為妳是同好，所以我才會回快一點，能一起討論動漫的女性朋友不多，雖然妳比較像是妹妹。」

「我是妹妹嗎？」顏允莒在心中計算了一下大三該是幾歲，「我們也才差六歲。」

「差六歲就是小妹妹了。」黑律言聳聳肩，儘管他覺得顏允莒看上去一點也不像小妹妹。

然而顏允莒並不知道自己的外型對男人有多少吸引力，只是暗自神傷地想著，她的實際年齡是十七歲，與黑律言相差十歲，如此一來，她對黑律言而言不就更是小孩子了？

爲什麼會因爲被他當作妹妹而感到難過，顏允茵也說不清楚。

「謝謝你的畫冊。」她悶悶地說，拿起紙袋就準備要回家。

「等等。」黑律言喊住她。

顏允茵滿懷期待地轉頭，而黑律言欲言又止，最後只說了句：「回去路上小心。」眞是氣死人了。

一股不服輸的情緒突然湧上，即便兩人年紀有一小段差距，但她不是小孩子了。

「送我回家吧。」顏允茵開口，決定要給這個自以爲是的男人來點震撼。

黑律言看一眼手錶，現在的時間是晚上八點左右，還不算晚，不過顏允茵衣著清涼，獨自回家確實不太安全。

他點點頭，拿過她手上的袋子，出了公園後往右邊走。

「你記得我家在哪？」顏允茵雙手背在身後，歪頭看著他。

「很好記，我又不是路痴。」

「你還眞會聊天呢。」顏允茵不知爲何覺得心情很好。

「下次晚上出來，穿件外套吧。」黑律言打量著顏允茵的長腿以及白皙的肩膀。

「可是天氣很熱呀。」顏允茵用手搧著風，「啊，難道你認爲我穿太少？你眼睛都看哪裡呀？不是說我是妹妹嗎？」

「無聊。」黑律言別過頭，「妳動畫看到哪了？」

「快看完第三季了，我好期待電影試映。」

黑律言有些訝異，他在內心快速計算，每季總共二十六集，加起來也有七十幾集，「妳都時什麼時間看？」

「一回家就看啊。」顏允茵吐吐舌頭，沒有說自己還因此被爸爸罵了。

「早知道妳看那麼快，就把另一本限量畫冊一起拿來借妳了。」黑律言指的是皇甫絳送的那一本。

「還有其他本？那下次再借我。」兩人很快走到顏允茵家樓下，顏允茵轉身，伸手接過提袋，「這樣我們就能夠再見面了。」

「妳講話都這麼……」黑律言揉了揉鼻子，無奈地看著笑盈盈的顏允茵。

「反正你說我是妹妹。」顏允茵向前跨了一步，微微踮起腳尖，「雖然我不是你妹妹。」

說完，她輕輕吻了他的臉頰。

黑律言嚇得抬手摸上自己的臉頰，迅速往後一退，「妳在做什麼？」

「哈哈。」見他紅起臉，顏允茵忍不住大笑，「你會對著妹妹臉紅嗎？」

「妳不要鬧了，別開大人玩笑。」黑律言皺眉，卻裝不出嚴肅語氣。

「我們也才差沒幾歲，你擺什麼大人的姿態啊。」顏允茵面向他，倒退著走到大廈的大門處，「下次也要借我畫冊喔！黑律言。」

顏允莟淘氣又可愛的模樣充滿魅力，黑律言不禁心猿意馬，但他隨即搖頭。

「妳眞的是……」他笑了聲，「快回去吧。」

明明不想和K大的人扯上關係，明明覺得顏允莟年紀太小，明明他還不算完全忘了那個女人。

可是，在這個涼風吹拂的盛夏夜晚，他確實被眼前的小女孩擾亂了心池。

✦

老師彭依苹誕下龍鳳胎，班上的同學輪番前去探望，這天終於到了顏允莟和蘇雨菡預定前往的日子，也就是星期六。

在下午的會面時間到來前，她們兩個先約好了去車站前買小禮物。當穿著短褲與貼身短上衣的顏允莟抵達約定地點時，她有點意外又不太意外地看見了紀青岑和北野晴海。

「允莟，這裡！」蘇雨菡身穿白色連身洋裝，搭上一件淡粉色的針織外套，整個人散發出柔美的氣質。

「喔，眞的是顏允莟。」一身寬版服裝搭配的北野晴海頭戴鴨舌帽，抬起一隻手向顏允莟打招呼。

「看來沒有騙我們。」穿著藍色襯衫和牛仔褲的紀青岑拿起一旁的背包。

「我就說沒有騙你們了，眞的是和允茗一起來挑禮物啊！」蘇雨菡嘟嘴，一臉無辜地抓住顏允茗的手，「他們覺得我說謊，認爲我要去聯誼。」

「因爲妳有前科。」北野晴海揉了揉蘇雨菡的頭。

「沒錯，而且就算眞的是跟顏允茗逛街，她穿成這樣，一定會有很多蒼蠅黏過來。」紀青岑講話依舊無禮。

「放心，我會保護雨菡，不讓壞傢伙接近她。」顏允茗緊緊抱住蘇雨菡，蘇雨菡也感動地用力回擁。

「老實說，我不相信妳。」紀青岑上下打量顏允茗的穿著。

「我也不信，是我的話就一定會搭訕妳們。」北野晴海將手肘擱在紀青岑的肩膀上，也審視著顏允茗。

「所以？」顏允茗瞇眼。

「我們會跟著妳們。」

「但不會打擾妳們。」

「妳們就逛妳們的。」

「我們就遠遠跟著。」

兩個男生一搭一唱，蘇雨菡似乎早就習慣了，搖著頭說：「沒辦法阻止他們。」

「我隨便。」顏允萏也不在意。

四個人一起，總比和其中一人獨處，結果又被人說閒話來得好。

於是兩個女生便自己逛自己的，兩個男生也眞如他們所說，遠遠跟著並未打擾。

就這樣到了和庾岷約定的時間，她們提著禮物前往，而兩個男生繼續跟在後頭。顏允萏原以爲到了婦產科診所，兩個男生就會自動離開，然而當她回過頭時，卻發現他們居然在對街。

「他們要跟到什麼時候啊？」

「大概跟到我回家吧。」蘇雨菡笑了笑。

「這樣不煩嗎？」

「還好嘍。」蘇雨菡笑意不減，顏允萏實在難以理解這種維持著奇怪平衡的關係。

「妳們來啦，快點進來吧！」庾岷出現在診所的門口，拉開玻璃門讓她們進去，「彭老師今天精神很好，寶寶的狀況也很好喔。」

「那我們眞是來對時間了。」

「妳們還帶禮物？也太有心了吧。」庾岷邊說邊領著她們穿過走廊，搭乘電梯來到三樓的月子中心。

「兩個寶寶正好送過來讓彭老師餵奶。」庾岷說著，很快走到彭依萃的房門口，敲了兩下門板，待裡頭的人應聲後便開門。

「老師，我們來了。」蘇雨菡展露笑容，彭依苹正抱著其中一個孩子，另一個孩子則在旁邊的小床上睡覺。

「你們眞的太有心了，能教到你們這群學生是我的福氣。」彭依苹即便沒有上妝，氣色也相當好，才說沒兩句話，便語帶哽咽。

她的丈夫抽了張衛生紙給她，搖頭說道：「生了小孩後她就變得很愛哭。」

「師丈，這是我們的小小心意。」顏允菭將禮物交給彭依苹的丈夫。

「妳們人來就好，還帶禮物做什麼？把零用錢留著。」彭依苹想叫她們收回去。

「沒什麼啦，只是幾條純棉的紗布手帕，可以給小寶寶擦口水，老師妳就收下吧。」蘇雨菡懇切地說，彭依苹這才不再推辭。

「我們可以碰寶寶嗎？」顏允菭上前。

「當然可以。」

得到允許，兩個女孩先是以酒精消毒雙手，然後分別輕輕摸了嬰兒的小手與臉蛋，觸感十分滑嫩柔軟。

「一般來說早產兒沒辦法這麼早離開保溫箱，但是寶寶的狀態眞的很棒，不需要再待在保溫箱了。」庾岷驕傲得彷彿在說自己的孩子一樣。

「你很瞭解耶。」蘇雨菡訝異地說。

「當然，我媽媽是這裡的院長，以後我也會接管這間診所。」庾岷自豪地表示。

眾人寒暄了一陣，為了讓彭依苹能有更多時間休息，兩個女孩私下早有協議不打擾太久。

「老師，妳大概什麼時候會回學校？」顏允菡好奇地問。

「大概兩個月後，不過也要看之後帶孩子是否順利，我有可能會需要請育嬰假，畢竟一次生兩個。」彭依苹說完後擺擺手，「你們不必擔心這些，如果有什麼狀況，我一定會請庾岷轉告大家。」

「沒錯，要是有誰調皮搗蛋，我也會隨時報告老師！」庾岷再一次誇張地五指併攏放在太陽穴旁邊。

「當什麼醫生？你應該從軍才對。」顏允菡忍不住調侃，大家都笑了。

「我們來拍照！」蘇雨菡拿出手機，幾個人合照了幾張，隨後離開診所。

一走出大門，顏允菡和蘇雨菡看見北野晴海和紀青岑就站在外頭。

「你們怎麼在這邊？」蘇雨菡睜大眼睛。

紀青岑表情陰沉，北野晴海則是嬉皮笑臉的。

「妳為什麼沒說還有一個男同學？」紀青岑氣沖沖地上前質問。

「這間診所是他家開的呀……」蘇雨菡無辜地答。

「妳真的是……」見到她那副可憐兮兮的模樣，紀青岑又發不了脾氣了。

「那個男生是他們班的班長，腦子裡只有課業和前途，根本沒什麼好擔心。」北野晴海胸有成竹，「雨菡身邊的所有朋友我都調查過了。」

這種舉動簡直像是恐怖情人，顏允菭聞言暗自決定，絕對不要跟北野晴海作對。

「咦？我的手機呢？」蘇雨菡先是低頭翻找包包，隨即又說：「啊，想起來了，剛剛拍完照我順手把手機放在桌上，我現在回去拿。」

「妳進去又會遇到那個男生吧？我和妳一起去。」紀青岑跟著蘇雨菡跑進診所。

「你不去？」顏允菭問北野晴海。

「不需要吧，我可不像青岑那麼緊張。」他雙手交疊，抵在後腦勺。

「意思是你很有自信嗎？」

「不是，意思是我相信雨菡。」北野晴海笑了，「不過也是因爲我掌握了很多情報才能這樣。」

幾分鐘前顏允菭在心裡說北野晴海像恐怖情人，還只是半開玩笑，但在這個瞬間，她由衷覺得北野晴海確實有些恐怖。

「待在外面好熱，進去等沒問題吧？」北野晴海說完，伸手推開玻璃門。

「應該可以吧。」顏允菭聳肩，頭頂的陽光的確毒辣。

「妳先請？」北野晴海故意這麼說，還鞠了個躬，讓顏允菭忍不住一笑。

「那我就不客氣了。」顏允菭從北野晴海身旁走過，進入診所內，感受到一陣沁涼的氣息撲面而來。

一根菸掉到地上，站在對街的黑律言以爲自己看錯了。

「你不是戒菸了？」周夜蒼拾起地上的菸，直接丟進旁邊的垃圾桶，「在看什麼？」

「沒什麼。」黑律言收回視線，「對面是婦產科？」

周夜蒼抬頭，對街有塊粉紅色招牌寫著「溫馨婦產科」，三樓以上則是附設的產後護理之家。

「招牌應該寫得很明顯了吧。」周夜蒼轉身要返回自己的診所，「我們還沒談完，快進來吧。」

「我沒有病。」黑律言語帶抗拒，從口袋中取出香菸盒。

「我沒說你有病，你只是需要聊聊。」周夜蒼認眞道。

「我可以跟周夜蒼或是皇甫絳聊，可是我沒辦法跟『周心理師』聊。」黑律言又把香菸盒塞回口袋，「我要走了。」

「等等。」周夜蒼拉住他，「那我們以朋友的身分聊聊吧，你等我一下。」

確定黑律言沒有拒絕，周夜蒼才回到自己的諮商診所，和櫃臺確認下午的預約人數。

黑律言則再次望向對街的婦產科診所，可惜無法透過玻璃窗看見裡頭的人。

今天他只是因爲周夜蒼要他來拿東西才赴約，結果卻不知不覺被周夜蒼拐進看診的問答之中，他在察覺之後氣急敗壞地跑了出來，想抽根菸來排解心中的鬱悶，沒想到正好目睹一名男孩與顏允茗在對街交談。

雖然隔著一小段距離，但他很確定那個身型婀娜、衣著清涼的年輕女孩就是顏允茗。

接著，男孩走向後方的玻璃門並推開，示意顏允茗先進去，顏允茗頓了一會，最後邁步走了進去。

黑律言抬頭望向招牌，赫然發現兩人走進的竟是婦產科診所。

他知道女生去婦產科有很多原因，但是會讓異性陪同看診，想必雙方有一定程度的親密關係吧？

不曉得爲什麼，他憶起那晚顏允茗的親吻，以及這段日子以來，他和顏允茗相處的點點滴滴。原來顏允茗有其他更親近的異性嗎？

還是對現在的學生來說，逢場作戲一點也不稀奇？

明明自己和顏允茗還只是普通朋友，黑律言卻有種遭到背叛的熟悉感覺，甚至還有些生氣。

「好了，我們走吧。」周夜蒼拿著錢包和手機過來，卸下了諮商心理師的身分，準備改以好友的身分和黑律言對話。

黑律言心神不寧地盯著對街的婦產科診所，周夜蒼見狀，疑惑地問：「怎麼了嗎？」

「沒什麼，走吧。」黑律言壓抑著莫名的怒氣，與周夜蒼往位於另一條巷子的咖啡廳走去。

就在黑律言他們轉身拐進巷子時，北野晴海、紀青岑、蘇雨菡和顏允莒一行四人從婦產科診所走出來。

「就說了，庾岷只是在這招待來探望老師的同學們而已。」蘇雨菡嘟嘴。

「那我回家了喔。」顏允莒心心念念著動畫的最後幾集，揮揮手後就準備先行離去，卻沒注意到腳下地面的落差，整個人往前撲跌。

「哎呀！」她及時伸出手撐在地面上，不過膝蓋與手掌仍是擦傷了。

「妳沒事吧？」蘇雨菡趕緊蹲下身攙扶她，紀青岑則沒良心地笑出聲。

「要送妳回去嗎？」北野晴海冷不防問，其他三人都嚇了一跳。

「不用，一點點擦傷而已。」顏允莒拍了拍手掌和膝蓋，雖然疼痛，但確實只是小傷。

「還是我們陪妳回家？」蘇雨菡擔憂地說。

「不了，你們去逛吧，我要回家看動畫。」她瞥了下北野晴海，「很快就能還你DVD了。」

「妳可以慢慢看，不必急著還我。」北野晴海聳肩，「看完後跟我說一聲，我再去妳家拿就好。」

「這怎麼好……」她話還沒說完，北野晴海已經拿出手機點開LINE，「加個好友。」

顏允莔先是看向蘇雨菡，很明顯的，這一次蘇雨菡的表情有些凝重。

「我跟雨菡說就……」

「何必呢？」北野晴海一笑，「拿出手機。」他的語調帶著不容拒絕的氣勢。

「你們自己聯絡我也省事。」蘇雨菡微笑，卻顯然並非真的不在意。

「嗯。」儘管氣氛相當微妙，顏允莔還是拿出手機，讓北野晴海掃描自己LINE帳號的QR Code。

「好了，以後就直接聯絡吧。」北野晴海看著顏允莔的個人頭像，「妳大頭照怎麼放比基尼的照片？」

「啊，這是……」不知道爲什麼，顏允莔覺得有點難爲情，之前因爲要加黑律言好友，急匆匆換掉穿制服的照片，後來就忘記換成別張了。

「果然很會玩嘛。」紀青岑哼了聲。

顏允莔瞪了他一眼，立刻把個人頭像換成前陣子家族旅遊時，她和親戚小孩的合照，而北野晴海傳了張貼圖給她。他的頭像看起來儼然是個陽光男孩，跟校園老大的身分完全搭不起來。

仔細想想，顏允菡其實從來沒見過北野晴海和人打架。

「就這樣吧，我先走了。」北野晴海把手機放回口袋，轉身就要走。

「晴海，你要去哪？」蘇雨菡開口。

北野晴海停下腳步，轉過頭靜靜看她，朝她伸出手。蘇雨菡毫不猶豫地握上，一旁的紀青岑似乎想挽留她，卻沒有作聲，而蘇雨菡回過頭，朝紀青岑伸手，「走吧。」

紀青岑猶豫了下，也伸出手，三個人像孩童般牽著手離開。

目送他們走遠，顏允菡拿出手機想傳訊息給黑律言，然而她一時想不到該找什麼話題，於是又作罷。

趕快看完動畫，就有新的話題跟他聊了。

黑律言心不在焉地望著窗外，周夜蒼則細細觀察他的表情。

「這是你第八次看向窗外了，剛才有遇見認識的人？」

「沒有。」黑律言立刻喝了口咖啡，「別用心理醫生的角度觀察我。」

「正確地說，是心理師。」周夜蒼糾正。

「都一樣。」黑律言還在想著稍早目睹顏允菡走進婦產科診所一事，他拿出手機想詢問顏允菡，可是他該怎麼問？

妳和男友去婦產科？

我剛剛看見妳了?

妳有男友?

無論哪種問法都不太妥當,況且黑律言自知沒資格過問,因此他遲疑了,接著便發現顏允茵的頭像更改爲和小朋友玩耍的照片。

這是母愛爆發嗎?

他忍不住想。

「我們以前念大學的時候,我記得有同學懷孕?」

「對啊,還挺著肚子來上課,那個同學現在好像有三個小孩了。」周夜蒼點頭。所以大學尚未畢業就結婚生子,也不是什麼稀奇的事。

「你和朱盈都沒聯絡了嗎?」周夜蒼突如其來的尖銳提問,令黑律言警戒心起,周夜蒼察覺他臉上出現防衛,又補充:「我是以朋友的身分問這個問題。」

「早就沒聯絡了,我和她之間的狀況,你們應該很清楚。」黑律言不自覺地用手指敲著桌面。

「我前陣子見到朱盈了。」周夜蒼說。

黑律言停下敲擊桌面的手指,面露訝異,「你不是說她不再需要諮商了?」

見狀,周夜蒼頓時明白,對黑律言來說,朱盈的事情還沒完全過去。

「是巧遇,我參加某間小兒科診所的開幕活動,朱盈也受邀前往,以她過往的身分還有現今的地位，她會出現在那樣的場合也不意外。」周夜蒼頓了頓，「她向我問起你。」

「她問了些什麼？」

「你過得怎麼樣、有沒有當上律師，以及有沒有對象。」周夜蒼看著黑律言轉為難看的臉色，「這些問題的答案都是否定的，不過我並沒有回答她。」

「你沒必要幫我做面子。」黑律言淡淡道。

「不是幫你做面子，我只是……」周夜蒼嘆氣，「我是你的朋友，不是朱盈的朋友。你不想讓別人知道的事，我會誓死幫你保密。」

這番肉麻的發言令黑律言有點感動，態度也稍微軟化了些。

周夜蒼繼續說：「無論你們當年發生了什麼，那都過去了，我希望你現在能過得好，如果可以的話，談場戀愛吧。」

「難道不談戀愛，就不能代表我已經走出來了？」黑律言對此無法理解，一定要用新戀情來忘記上一段戀情嗎？

「也不是這麼說，只是若有新的悸動或際遇，能讓我們更快地踏入下一個階段。」

周夜蒼不斷鼓勵黑律言藉著拓展生活圈重新邁開步伐，畢竟黑律言曾經渾身閃耀著光芒，卻因為朱盈而變成現在這樣。

不，其實不能全怪朱盈。朱盈有更美好的人生要追求，放任自己淪落至此是黑律言個人的問題。

「我有新的際遇。」黑律言忽然開口，讓正在喝飲料的周夜蒼差點嗆到。

「你有新認識的女生？我怎麼不知道？」

「前陣子，我代替皇甫絳去參加聯誼，認識了一個K大法律系的學妹。」黑律言簡略地說。

這句話的資訊量太大，周夜蒼一手捏著眉心，「你說你去聯誼了？還是代替皇甫絳去的？什麼時候？然後認識了一個女的，而且是K大法律系的學生？」

「你根本在重複我說的話。」黑律言笑了出來。

「你怎麼會代替皇甫絳去？」

「他臨時有事。」

「那你怎麼會跟K大的學妹保持聯繫？」

黑律言簡單說明了他和顏允苕的相識過程，但並沒有說出自己剛才目睹顏允苕和一名男孩走進婦產科診所。

「太好了，原來我們白擔心了。」

黑律言聳肩，「我一直都跟你們說不需要擔心，就算朱盈的存在曾經對我很特別，但那也是以前的事了，無論我有沒有新對象，她都是過去式。」

「我知道、我知道。」周夜蒼眉開眼笑，「反正，你就和那個女生多多接觸吧，既然她已經答應不會和學校的人提起你，那就不用顧慮太多。」

「我並不是抱著戀愛的心情，只是把她當朋友……」

「朋友也沒關係啊！」周夜蒼笑得開心，「朋友也有可能發展成另一種關係，不是嗎？」

黑律言想起那晚顏允莒的吻以及她的笑容，要說他沒有心動是騙人的，但要說那是愛情又言之過早。

可以確定的是，他在意顏允莒，否則也不會對剛剛那一幕如此耿耿於懷了。

「情況有點複雜。」黑律言說，「我還在考慮。」

「考慮什麼？」

「考慮要不要和她深交。」黑律言再次看向窗外。

「別害怕和人深交，無論對方是什麼年紀、身分或地位。」周夜蒼說完，馬上意識到自己失言了。

「當初大家都說朱盈的未來充滿希望，我繼續和她來往不會有好結局。」黑律言冷笑，「我記得那時候你們都說，我和她相差太多，早點分開比較好。」

「當年她是藝人，我們還只是學生。」周夜蒼堅定地對上他的目光，「我們年紀太小，不知道該如何跨越障礙，可是現在不一樣了，我們都有能力保護人了，不是嗎？」

「是嗎？」黑律言起身，「那你和皇甫絳在吵什麼？」

「我……」周夜蒼沒料到黑律言會這麼說，「他說了什麼嗎？」

「沒有，但我們當朋友幾年了？」黑律言拿起帳單，「這餐我請。」

說完他便離開了，而周夜蒼往後靠在椅背上，閉眼一會後，才拿出手機點開皇甫絳傳來的、已經被他無視好幾天的訊息。

大概是注意到訊息被讀取，皇甫絳馬上打電話過來，周夜蒼嚇得差點把手機甩開，不小心按下了接聽鍵。

「你終於願意接我的電話了。」皇甫絳在那頭說。

「我不小心接到的。」周夜蒼冷著聲音說，「我等一下還有晤談，掛了。」

「欸，欸欸！」皇甫絳還來不及回話，周夜蒼便逕自掛掉電話。

他拉拉領子，在開著空調的咖啡廳中嘟囔了句：「好熱。」

第五章

「眞是奇怪。」顏允萏盯著手機螢幕，都過了兩天，她傳給黑律言的訊息依然沒被讀取。

難道他發生了什麼事？

要不要打電話給他？

但如果黑律言只是在忙的話，這麼做就太大驚小怪了。

況且，有什麼理由黑律言一定得回覆她的訊息不可？

不對，他們是朋友，朋友的訊息總該回吧？

應該不是那天親他臉頰嚇到他了吧？畢竟在那天之後，他們還傳過訊息。

「決定了！」顏允萏撕下面膜，盤腿坐在床上，深吸一口氣後按下通話鍵。

她口乾舌燥，緊張萬分，心跳聲大得彷彿在自己耳邊鼓動，每一次鈴響都像被時間拉長了，令她的心臟感到十分難受。

過了好一會，通話因無人接聽而掛斷，顏允萏抿起嘴。難道黑律言眞的出了什麼事嗎？

「你出了什麼事嗎？需要我報警嗎？」

於是她傳了這樣的訊息過去。

「還是你在忙，所以沒空回我？」

接著，她想了想，又試著威脅他。

「你的限量畫冊還在我這呢。」

「或是我請葉教授聯絡你？」

如果到了明天黑律言都沒有回應，她再考慮報警，只是她也不清楚黑律言的工作地點或住家位置，又該怎麼找他？

忽然，顏允萏意識到，除了LINE以外，她沒有任何黑律言的聯絡方式，他們之間的關係竟脆弱到這種程度。

看著方才那則帶著威脅的訊息，她不禁覺得自己像個難纏的女人。

算了，如果人家不想聯絡了，還不停傳訊息有多討人厭呀。

顏允萏正準備收回訊息，卻發現訊息狀態變成已讀。她的拇指停滯在半空中，呆呆地看著螢幕。

怎麼辦？他會回些什麼？

「我現在去找妳拿畫冊。」

黑律言的回訊內容在顏允萏的意料之外，她趕緊脫下睡衣換上外出服，爲了遮掩膝蓋上的疤痕，她還特意穿了長褲，並將頭髮簡單紮起，原本還想上點妝再出去，但黑律言接著又傳來訊息：「我在妳家樓下了，如果不方便就直說。」

「我現在下去。」

於是她快速畫了眉毛，把畫冊裝進袋子裡，告訴父母要去便利商店一趟後，匆匆下樓，不忘對著電梯裡的鏡子檢查自己的裝扮有沒有哪裡奇怪。

當她走出大廈時，見到黑律言就站在外頭。

不過兩天沒有聯絡，此刻見到他，顏允茖感覺心跳得好快。黑律言一如往常穿著居家服，腳上是輕便的拖鞋，頭髮似乎又更長了些。

「好久不見。」率先打招呼的是黑律言。

他也不知道自己在生什麼悶氣，一直沒有回覆顏允茖。今天收到她意圖威脅的訊息時，他本來應該要生氣的，可是卻覺得這樣的她有點可愛。

周夜蒼說，他必須學會與其他人來往，不見得是談戀愛，至少得拓展生活圈。

事實上，他並沒有耽溺於過去，會在意前女友的近況是人之常情吧？只是或許是他的生活太過貧乏，才讓朋友不免擔心。

所以，原本正走向便利商店的他臨時改變心意，改前往顏允茖的住處，並且回傳了那則訊息。在見到顏允茖之前，黑律言心裡還想著，等會要先板著一張臉，然後問她爲什麼和一個男的去婦產科。

可是在見到她的瞬間，黑律言愣住了。顏允茖今天看起來很不一樣，沒有上妝的臉龐顯得年紀更小了，而那寬鬆的上衣與長褲比貼身的服裝更適合她。

他聞到她的身上傳來香氣，是剛洗完澡嗎？

黑律言臉上一紅，意識到了現在是什麼狀況。

「你怎麼了嗎？這幾天都沒有回訊息。」顏允茗絲毫沒察覺他的慌亂，問話的時候朝他靠近了些，她的雙頰略顯紅潤，頭髮還微微帶著濕氣。

「我、我最近有事在忙。」黑律言結巴了，他趕緊咳了聲作爲掩飾，「不是故意不回訊息。」

「那就好，我還以爲我哪裡惹你生氣了。」顏允茗鬆了口氣，「這個還你！謝謝你借我。」

「嗯。」接過畫冊，黑律言抬眼看著正用手指捲著髮尾的顏允茗，「妳……要一起去便利商店嗎？」

「好呀！」顏允茗用力點頭，開心的情緒全寫在臉上。

兩人並肩往便利商店走去。之前幾次見面，他們聊天的話題都環繞著《惡魔勇者兵團》打轉，然而這一次或許是時值夜晚的緣故，也或許是顏允茗的打扮與平常不同，又或者是兩人內心都有了小小的變化，儘管一路無語，卻都面帶微笑。

這段路程很短，又似乎很長，顏允茗覺得每一次呼吸都彷彿能嗅聞到曖昧的氣息。

「妳想喝什麼嗎？」來到便利商店的冷藏櫃前，黑律言率先出聲。

「啊，那……紅茶好了。」

「這麼晚還喝紅茶，不會睡不著？」

「不會，咖啡因對我來說無效。」顏允莟搖搖頭。

「那我也喝紅茶吧。」黑律言一笑，拿起兩罐紅茶。

「咖啡因也對你無效嗎？」顏允莟歪頭。

「不，我今天剛好要熬夜處理一點事。」黑律言拿著飲料前去結帳，顏允莟掏出零錢要給他，但黑律言直接刷卡支付了。

「謝謝。」她接過冰涼的紅茶，內心升起暖意，「是律師事務所的工作嗎？」

「嗯。」他簡短地回應。

兩個人坐在便利商店外的椅子上，黑律言決定不再胡亂猜想，開口問：「我前幾天在大安區看到妳。」

顏允莟想了想，前幾天？平日白天她都在學校上課，下課就回家了，唯一會出門的時間就只有假日……難道是去看彭依苹老師那時候，他在路上看見她？

「怎麼沒跟我打招呼？」顏允莟不禁疑惑。

「感覺不太方便。」黑律言講得含蓄，「我看見妳走進診所。」

「啊，我是去看老……」顏允莟遲疑了下，大學生會用「老師」這個詞嗎？是不是只會用教授和助教？還是也會稱呼教授和助教為「老師」？為了避免出錯，她隨後趕緊改口：「老……朋友。」

「妳有朋友已經生小孩了？」黑律言心中一鬆，「我以前念大學時，也有同學挺著大肚子上課。」

「哈哈，對呀。」顏允茵不曉得該怎麼接話，只能乾笑。

這樣看來，她應該是和其他朋友一起去婦產科診所探視老朋友，果然是他想太多了。眞相大白，黑律言不自覺露出微笑。

「在想什麼？心情這麼好。」顏允茵咬著吸管，好奇地問。

黑律言看著她素淨的臉龐，隱約聞到她身上的淡淡香氣。

「我在想，妳給我的第一印象和現在很不一樣。」

「哪裡不一樣？」

「妳的LINE用比基尼照當大頭貼，總是化著濃妝、穿著清涼，很像每天會跑夜店喝得爛醉的女人。」黑律言說得直接，顏允茵正想開口反駁，他緊接著說：「可是認識妳之後，才發現妳很好聊天，還喜歡動漫，有時會耍些無傷大雅的小聰明，不愛念書，開朗、愛笑，其實性格很單純，不化妝時看起來年紀更小。」

顏允茵因爲這番直率的讚美微微紅了臉，只是黑律言最後那句話讓她有些緊張，連忙說：「無論哪種樣子都是我，我只是想穿自己喜歡的衣服。」

「我知道。」黑律言一笑，「下下禮拜六不是要一起去看試映嗎？」

「對，我好期待。」

「那這禮拜六，要不要先去……逛逛。」黑律言咳了幾下，「買一些東西……」

他話還沒說完，顏允莒便迫不及待地點頭，黑律言笑出聲來，「妳都還不知道我要買什麼耶。」

「買什麼都好，我想跟你……咳，出去走走，念書念得很累呢。」

黑律言聽出了她原本想說的話，臉上的笑意更深了，「那我們禮拜六見。」

「好。」顏允莒開心極了，在黑律言送她回家的這段路上，她整個人都飄飄然的。

這樣的好心情，是不是喜歡一個人的前奏呢？

✦

隔天的數學課，老師臨時抽考，顏允莒假裝低頭寫試卷，再趁臺上的老師不注意時，偷偷抄下蘇雨菡的試卷答案。

收考卷時，庾岷舉手詢問數學老師邱淨：「老師，之前教務主任說這禮拜會有代課老師來，代課老師卻一直沒有出現，還是我們班以後暫時沒有導師呢？」

聞言，邱淨一面整理收上來的考卷，一面開玩笑地說道：「原本的代課老師上週末出了點意外，目前校方還在想辦法找人支援。彭老師要請長假，所以一定會有代課老師，不然沒大人管的話，你們無法無天怎麼辦？」

「在我的帶領之下，絕對不會有人作亂！」庾岷起身，又做出敬禮的動作。

「也對，你們班的同學很自律，不像九班，哎呀，想到就頭痛。」邱淨搖頭，抱起整疊考卷，下課鈴聲也在這時響起，「在代課老師來以前，你們可要乖乖的。」

「遵命！」庾岷再度敬禮，目送邱淨離開。

「九班是晴海的班級，他們班的男生常常打架鬧事。」蘇雨菡特別向顏允茵說明，「對了，妳和晴海有私下傳過訊息嗎？」

「沒有，如果妳不喜歡，我就刪掉他好友。」說完，顏允茵立刻拿出手機。

「我不是這個意思。」蘇雨菡按住了她的手。

「可是妳不太高興，對吧？」顏允茵問得小心。

「與其說是不高興，不如說是驚訝。」蘇雨菡抿嘴，「除了我以外，晴海不太會跟其他女生打交道。」

「可能因爲我是妳的朋友，他想和妳的朋友打好關係？」顏允茵提出自己認爲最有可能的理由，「他對妳以前的朋友也會這樣吧？」

「不會。」但蘇雨菡的回答出乎她的意料，「我以前沒什麼朋友。」

「那不就跟我一樣。」顏允茵說，兩人相視而笑。

「是呀！我們一樣。」說著，蘇雨菡抱住了顏允茵，「我想拜託妳一件事。」

「嗯？」顏允茖輕拍著蘇雨菡的背。

「我和晴海與青岑幾乎形影不離，但我不太會跟其中一個人單獨相處，這是我們說好的。不過這週六，我和青岑有事需要單獨在一起，而我們不打算讓晴海知道。」

顏允茖身子微微一僵，她猜到了蘇雨菡接下來要說的話。

「所以，我會告訴晴海，我是和妳一起出去，妳能幫我的忙嗎？」

「我週六和朋友有約，如果被北野晴海看到……」

「放心，他週六家裡有事沒辦法走開，妳不會被他看見的，妳只要在晴海問起我的時候，說我們一起去看電影、喝下午茶就好。」蘇雨菡維持著擁抱顏允茖的姿勢，在她耳邊輕聲說，接著將看哪部電影、電影的場次、劇情內容和咖啡廳的位置、招牌餐點、服務生的穿著等，鉅細靡遺地告訴了顏允茖。

「我會盡力記住的。」聽完，顏允茖點點頭。

「謝謝妳，我和青岑都會感謝妳的。」蘇雨菡鬆開手，笑著對她說。

「妳這樣做，是因爲已經釐清了嗎？」顏允茖忍不住問。

「釐清？」蘇雨菡聽不明白。

「就是釐清了自己的心意，要和紀青岑……所以才會瞞著北野晴海和他單獨出去？」

蘇雨菡伸出手指抵在顏允茖的嘴唇上，堅定地搖頭，「不需要釐清，我兩個人都喜歡。」

「那……」

「只是我和青岑有事要辦，就是這樣。」蘇雨菡的解釋並沒有讓顏允菡更加了解情況。

「是我多問了，抱歉。」明明早已下定決心不過問他們的感情，她還是按捺不住好奇，顏允菡再次提醒自己，不要多管這三個人的事。

「妳不需要道歉，是我要向妳道謝。」蘇雨菡微笑，「好啦，剛才的數學小考，妳應該沒有全抄吧？」

「當然，我有改幾題答案。」顏允菡配合著轉移話題。

「顏允菡。」庾岷忽然走到她們的座位旁邊，表情有些嚴肅。

「怎麼了？」顏允菡看著他。

「算了，沒事。」庾岷抓了抓後腦勺，又轉身離去。

「他想幹什麼？」

「難道是想告白？」蘇雨菡說完笑了起來。

「我和他又沒什麼交集。」

「你們高一不是同班？」

「是沒錯，但一樣沒交集。」顏允菡聳肩。高二分班後，她反而才比較常跟庾岷說話。

「啊……」此時，一幕模糊的畫面閃過顏允茵的腦海。高一某天，在學校的垃圾場附近，當一群女生把她團團圍住時，有個人走了過來。

「怎麼了？」

顏允茵看著庾岷的背影，搖了搖頭，「沒什麼。」

✦

週六是個豔陽高照的日子。

顏允茵思索過是否該換個造型，但那天黑律言說素顏的她看起來年紀很小，所以她還是選擇了較爲濃豔的妝容，並換上短裙和無袖背心，搭配牛仔外套。

或許等到她滿十八歲時，再告訴黑律言自己的眞實年齡也不遲，免得這成爲他遠離她的理由。

顏允茵比約定的時間早了二十分鐘到，期間她不斷透過手機鏡頭檢查自己的頭髮有沒有亂，一面東張西望確認黑律言到了沒。

其實大概在她抵達的十分鐘前，黑律言就已經到了。

他們約在影城的地標前會合，可四周人潮太多，顏允茵並未注意到黑律言。

而身材高䠷勻稱的顏允菖，幾乎是所有人的目光焦點，在黑律言眼中，她彷彿是一顆閃閃發亮的星星。

看著她東張西望又時不時整理瀏海的模樣，黑律言莞爾一笑，不自覺地就躲在一旁的柱子後面觀察她許久，直到接近約定的時間才回神。

「久等了。」黑律言繞到顏允菖面前，舉起一隻手和她打招呼。

顏允菖驚訝地上下打量他，「你、你今天好不一樣，你剪頭髮了！」

黑律言剪了頭髮，立體的五官不再被瀏海遮掩，深邃漂亮的雙眼炯炯有神，俐落的髮型更襯得他臉龐輪廓分明。今天他不再穿寬鬆的T恤，而是穿著合身的圓領襯衫及長褲。

見到他截然不同的打扮，顏允菖第一次意識到，原來女生也會看男生看到呆住。

「我做了一些改變。」黑律言有些難爲情，要說他是爲了這次的約會稍微打扮了一下也沒錯，不過事實上還有另一個原因。

「這樣好好看！」顏允菖發自內心地稱讚，說完自己卻臉紅了。

「謝謝，妳也很……漂亮。」

等他們害羞完後，顏允菖才問了黑律言今天要買些什麼。

「妳眞的很粗神經呢。」黑律言輕笑，沒有瀏海的遮蔽，讓他的笑容放送出更多的電力，「都不清楚要做什麼，就這麼放心地跟我出來了。」

店。

「因為我知道你不是壞人呀。」顏允菡吐吐舌頭。

「最近這裡不是開了一家日本來的書店嗎？我想去看看。」

「啊，我知道，我也一直很想去。」顏允菡雙眼放光，畢竟她的興趣之一就是逛書店。

「那我們走吧。」

就在這時候，顏允菡的手機傳來震動，擔心是蘇雨菡的訊息，於是她趕緊拿出來查看，結果是廣告訊息，她頓時鬆了一口氣。

「逛完書店，我們去拉麵店吃午餐吧，妳喜歡拉麵嗎？」

「喜歡，你說的該不會是開在影城附近的那家餐廳吧？」顏允菡簡直不敢相信自己和黑律言的喜好如此相近，這是在最初認識時完全沒有想到的。

「就是那家。晚一點我們可以去百貨公司走走，現在有日本商品展，我記得是在頂樓。」黑律言用力點頭，「日本是我最喜歡的國家之一。」

「我也是，雖然我還沒有出國過。」

「我大學時和朋友去過，以後有機會我們可以……」說到一半，黑律言驚覺自己差點要講出什麼不得了的話，頓時打住。

「啊……」顏允菡也發覺了，她臉上微熱，卻並不討厭此刻有點尷尬的氣氛。

「咳，我是說，有機會我們可以一起討論日本有哪些必去的景點，我能夠分享很多自由行的經驗。」

「嘿嘿，好啊。」

兩個人邊說邊聊，很快抵達了書店，伴隨著舒服的輕音樂，靜謐的空間令這場約會多了幾分浪漫的文藝感。顏允茖的指尖滑過書皮，感受著書本的觸感，而黑律言正準備拿起漫畫時，手機傳來震動。

「我接個電話。」他往書店外走，顏允茖便獨自逛逛。

忽然，她發現前面的區域吵雜了起來，過了一會，店內廣播宣傳三分鐘後將舉行簽書會。出於好奇，顏允茖走了過去。

前方是一處特別空出的場地，有位長髮女性坐在長桌後，顯然就是作者，而一旁拿著麥克風的女主持人正在進行開場介紹。參加簽書會的民眾各個年齡層都有，甚至還有小朋友，這讓顏允茖更好奇了，是什麼樣的書籍能老少通吃？

「今天很高興邀請到《寶寶小巫師》的作者朱盈來到現場，小朋友們，你們最喜歡哪個小巫師呢？」主持人的語調充滿活力，現場的孩童們也熱烈地回應，朱盈則是揮手招呼，笑臉迎人。

「居然是《寶寶小巫師》的簽書會。」顏允茖忍不住驚呼，拿起手機想聯絡黑律言，卻發現所有人已經開始排隊。

「只要現場購買書籍，就可以和朱盈合照與簽名！小朋友們還可以獲得小吊飾，這

列。

可是買不到的喔！」主持人大聲宣布。

於是顏允茍趕緊拿了一本最新集數的《寶寶小巫師》跑去結帳，隨即加入排隊的行

等一下黑律言回來，得知她索取到作者簽名一定會很高興。

一邊排隊，顏允茍一邊打量著朱盈。原來《寶寶小巫師》的作者這麼年輕，這讓顏允茍更加敬佩眼前的女子，居然能創作出風靡全臺孩童的作品。

「謝謝妳今天過來。」朱盈接過顏允茍手上的書，波浪長髮襯著一張瓜子臉更顯精緻小巧。

這麼近距離看朱盈，顏允茍才發現對方很眼熟，不由得脫口而出：「妳是小獼猴姊姊嗎？」

朱盈先是一怔，隨即笑著承認：「是呀！」

「天啊，我以前很喜歡看妳的節目，雖然是兒童取向，但是非常具有教育意義，那時候我們班同學都很喜歡，連男生也是，因爲姊姊妳很漂亮！」顏允茍劈里啪啦講了一串，朱盈頓時笑得更加燦爛了。

「好開心呀，被妳這麼漂亮的女孩稱讚。」朱盈在書籍的扉頁簽上自己的名字，「妳是因爲以前喜歡小獼猴姊姊，所以才喜歡《寶寶小巫師》嗎？」

「我現在才發現妳是小獼猴姊姊！」顏允茍難掩興奮，「是我朋友喜歡妳，我才來

排隊簽書的。」

「哇，妳人眞好，那要寫上妳朋友的名字嗎？」朱盈親切詢問，顏允菭則用力點頭。

直接署名黑律言三個字好像太過正式，因此顏允菭說：「署名給『黑』可以嗎？黑色的黑。」

朱盈拿著奇異筆的手一頓，「是外號嗎？還是姓氏？」

「是姓氏。」

「很特別呢。」她簽完名後，還在一旁畫上動畫電影《龍貓》裡頭的小煤炭，「我也有個朋友姓黑。」

「好巧呀，說不定他們是親戚。」

「說不定喔。」朱盈笑著把書遞還給她，「謝謝你們的支持。」

「請繼續加油！」顏允菭心滿意足地離開，迫不及待想告訴黑律言這個好消息。

站在書店外的黑律言一面看著手錶，一面對電話那頭的人說：「眞的不麻煩，你已經跟我道謝過很多次了，我不也說了謝謝你推薦我去？我正好覺得自己似乎休息太久了。沒問題，我星期一會準時到。」

掛掉電話後，他點開和皇甫絳與周夜蒼的LINE群組。

「休息一個月後終於開始上班，會不會不習慣？」皇甫絳的訊息首先映入眼簾。

「他是勞碌命，哪會不習慣，他是該出去走走了。」周夜蒼則回應。

黑律言微微一笑，很快送出訊息：「我沒那麼脆弱，你們不用太擔心我。」

「知道知道，黑律言從學生時代就是最優秀的。」皇甫緈不正經地答。

看來他們兩個和好了。黑律言稍微鬆了一口氣，他總算不用繼續看這兩人彼此賭氣了。

「黑律言。」一聲呼喚傳來，他回過頭，是顏允苔從書店走了出來。

這好像是她第一次喊他的名字，黑律言覺得有些不好意思，隨後注意到顏允苔手中的書，「妳買的？」

顏允苔像個等著被稱讚的孩子，開心地舉起書本晃啊晃，「對，最新一集，你應該還沒買吧？」

事實上，黑律言只買了最初出版的那幾集，他搖頭，「沒有。」

「我要給你一個驚喜！」顏允苔亮出有朱盈簽名的扉頁，「我要到作者簽名了！」

然而黑律言並未表現出她預想中的喜出望外，而是愣住了似的，接著他的視線落到一旁的看板，上頭大大寫著「朱盈《寶寶小巫師》簽書會」的字樣。

「我們走吧！」黑律言立刻牽起顏允苔的手往街上跑。

顏允苔被他莫名其妙拽著跑，一路跌跌撞撞，好幾次差點跌倒，在過了一條大馬路來到影城附近後，顏允苔用力甩開黑律言的手，對他的奇怪舉動感到不太高興。

「發生什麼事了？爲什麼要跑？」她的手腕都被他抓紅了，白色布鞋也髒掉了。

「對不起，我……」黑律言喘著粗氣，心想自己怎麼會沒發現那裡有朱盈的簽書會，他並不想和她見面。

他目光一轉，瞥見顏允菭上氣不接下氣，頭髮也亂了，手裡那本《寶寶小巫師》的書腰都鬆開了，這才意識到自己剛才的行爲有多粗魯。

「對不起。」他拿出手帕遞給她。

見黑律言一副充滿歉意的模樣，顏允菭也不好再追究，她接過手帕，「沒關係啦。剛剛到底怎麼了？」

「我……」黑律言考慮著是否該說出實話，「其實不需要幫我要簽名。」

扉頁上「黑」這個字旁邊還有小煤炭的塗鴉，以前朱盈就習慣這麼做，她總是會在他的名字旁畫上一隻小煤炭。

「爲什麼？我多事了嗎？對不起，我只是想說你喜歡……」

「不是。」黑律言打斷她的話，「我看《寶寶小巫師》不是因爲喜歡，而是因爲我認識朱盈。」

「什麼！」顏允菭大吃一驚，「難怪她剛才說，她也認識一個姓黑的朋友，我們還開玩笑說可能是親戚……沒想到是同一個人！那你要不要跟她說一下？我還幫你拿簽名，好蠢喔！你自己就可以……」

「我不會再跟她聯絡，也不會再和她見面。」黑律言深吐出一口氣，想起周夜蒼說過，不要排斥和他人深交。

而若是他想要繼續與顏允萏來往，那麼誠實就是必須的。

「因爲我和朱盈交往過。」

第六章

突如其來的震撼消息，讓顏允茖好一陣子說不出話，一直到了拉麵店都還沒回過神。

「妳不吃嗎？」黑律言看著她碗中幾乎沒動過的拉麵。

「啊，要。」她趕緊低頭喝了口濃郁的湯頭，「好好吃。」

「跟在日本吃到的味道一模一樣喔。」

「眞的嗎？你去日本……」是跟朱盈去嗎？顏允茖沒有把話說完，她被自己內心的想法刺得心口疼痛。

顏允茖以爲自己掩飾得很好，黑律言卻早就將她的神情看在眼裡。

黑律言有點高興，也有點抱歉，他把自己碗中的叉燒夾到她的碗裡，「我大學時有兩個很要好的朋友，一個現在是諮商心理師，一個是律師，我是和他們一起去日本玩的。」

發覺黑律言正在向自己解釋，顏允茖抬起頭，對上他帶著微笑的面容。

「當然，他們都是男的。」

「我不是……」顏允茖不禁感到難爲情，在意這種小事簡直像小孩子似的，「誰都有過去……」

「因爲朱盈曾經是藝人，我們的生活圈差異太大，所以才分開了，之後她轉職成爲漫畫家。」黑律言輕描淡寫地述說過往，略過了他們曾經愛得單純而炙熱，甚至共同編織過未來，最後卻敗在現實的殘酷這部分。

「原來如此。」顏允茗想像個成熟的女人般表現得豁達，可是黑律言居然和那麼優秀的人交往過，這令她感覺自己和他的距離變得更遠了。

這時候，手機忽然傳來震動，她立刻查看，發現是北野晴海，她瞬間臉色刷白。

「妳們在哪裡？」

黑律言當然注意到了，「怎麼了嗎？」

「沒什麼。」顏允茗扯扯嘴角，趕緊傳訊息給蘇雨菡。

「妳依照我給妳的時間表回答就好。」蘇雨菡很快已讀，簡短地回應。

她手忙腳亂點開蘇雨菡之前給她的時間表，這個時間點她們應該在排隊等餐廳入座。

「在排隊等進餐廳。」她趕緊回覆北野晴海。

「妳有急事嗎？」黑律言又問。

「啊，沒有，我朋友在找人。」顏允茗緊張地說。

「傳照片給我看。」北野晴海提出要求。

「你怎麼不叫雨菡傳？」

「她沒帶手機。」

顏允莒明白了，由於蘇雨菡沒有回應北野晴海，他才會找上門來，可是蘇雨菡其實有帶手機啊！刻意不回訊不是反而更可疑嗎？

難怪蘇雨菡預先傳了一堆照片過來。顏允莒從相簿中挑了一張餐廳排隊人潮的照片，傳給北野晴海。

這下子北野晴海總算安靜了，她鬆了一口氣。

「處理好了嗎？」黑律言從剛才就一直盯著顏允莒，「如果有急事的話，我們可以提早……」

「沒有！沒事了！」顏允莒放下手機，明白自己剛才的舉止很沒禮貌，「我朋友急著在找另一個朋友。」

「原來如此，那找到了嗎？」

「算是找到了吧。」她隨口說，不想繼續在這個話題上打轉，「這家拉麵真的好好吃，我很喜歡。」

「妳有吃飽嗎？我們可以再去一間甜點店，也是日本來的品牌。」

「你這麼喜歡日本，大學怎麼沒念日文系？」

「喜歡日本跟喜歡日文是兩回事呀。」黑律言笑了，「就像我念法律系，也不是因爲喜歡法律。」

「這麼說來，你也不喜歡律師助理的工作嘍？」顏允菡喝了口飲料，「那爲什麼還要做？這樣開心嗎？」

黑律言一愣，他還沒告訴她，自己並不是律師助理，不過現在坦白好像也不太合適，若要解釋爲什麼法律系畢業卻沒有成爲律師或法官的打算，又得提及他和朱盈的那段過去。

他並不打算隱瞞，只是他光是說起自己和朱盈交往過，顏允菡就如此在意，也許和朱盈之間的更多過去，就留待以後再說吧。

「總之，工作歸工作嘍。」所以他簡短地回答。

兩個人離開拉麵店，外頭還有許多人在排隊，黑律言所說的甜點店就在馬路對面。只見店面小巧可愛，外牆攀著綠意盎然的藤蔓，門口擺放著腳踏車當作裝飾，充滿了鄉村氣息。

「妳想吃什麼？」

琳琅滿目的各式蛋糕，還有許多以當季水果點綴的甜派，讓顏允菡看得眼花撩亂。

「我都可……」顏允菡放在口袋的手機又是一震，她止住話，拿出手機一看，又是北野晴海。

「拍一張雨菡在吃東西的照片給我。」

「怎麼這麼煩……」顏允菭忍不住低語，快速傳了張蘇雨菡之前給的照片過去。

黑律言看見她的螢幕畫面，微微皺起眉頭，但沒有多問。

「我選這個，巧克力香蕉口味。」顏允菭指著玻璃櫃內的一款蛋糕。

「好，那我選……」

她話還沒說完，手機又一次震動。

「給我妳跟雨菡的合照。」

「怎麼這麼煩呀！」這一次她不禁大聲抱怨。

黑律言好奇地問：「怎麼了嗎？」

「我朋友好煩，我不想理他了。」但顏允菭依舊不敢真的置之不理，她歉然地說：

「不好意思，等我一下。」

既然已經答應蘇雨菡了，不能說話不算話，她走到店外打電話給蘇雨菡；黑律言則向櫃臺點了蛋糕，隨後拿著餐點去座位上。

只是顏允菭打了三通電話，蘇雨菡都沒接，她慌了起來。

說時遲那時快，北野晴海竟打來電話，她嚇得差點摔了手機，下意識掛斷。

「妳並沒有和雨菡在一起吧？」

下一秒立刻收到這則訊息，顏允菭冷汗直流。她該怎麼辦？這本來不是她該煩惱的事情啊！

「也找不到青岑。」

「顏允菭，妳是不是幫雨菡騙我？」

「妳老實說。」

北野晴海步步進逼，讓顏允菭恐懼無比。她完全不曉得該怎麼做，於是傳了訊息給蘇雨菡，可是蘇雨菡不僅沒接電話，訊息也都沒讀。

「還好嗎？」見顏允菭在外面待了很久，又緊張地來回踱步，黑律言走出去，看見她的手機螢幕不斷跳出訊息。

「在哪裡？」

「接我電話！」

「不要騙我！」

這些句子閃過黑律言眼底，無可避免的猜忌再次湧上他的心頭。

「我們快去吃蛋糕吧。」最後，顏允菭決定無視這一切，拉著黑律言走回店內。

店裡的布置走溫馨路線，每一處擺設都經過精心安排，講究到連每張椅子的樣式都不同。他們坐在綠色圓窗旁的座位，一旁還有乾燥花裝飾，午後的陽光恰到好處地從窗外照進，只需要將蛋糕放在窗邊，便能拍出美麗的照片。

「這家的蛋糕好好吃！」顏允菭摀住嘴，驚奇地瞪大了眼睛看著黑律言。

「妳吃得開心就好。」黑律言笑著說，隨即注意到顏允菭放在桌上的手機瘋狂跳出訊息通知，下一秒便有人打來。

顏允菡瞄了一眼便關閉螢幕，並將手機正面朝下，可過了一會對方又打來。

「抱歉，我切換成勿擾模式。」顏允菡一邊說一邊操作，臉色有些難看。

「妳有急事嗎？」黑律言再問了她一次。

「沒有，我朋友就……」說實在的，她不曉得該如何解釋，最後也沒把這句話說完。

這件事讓黑律言十分在意，但他認爲不過問才是成熟的表現，所以沉默地吃著蛋糕。雖然開了勿擾，手機不再震動，不過他還是非常想知道下次顏允菡點開螢幕時，會有多少未讀訊息，又有多少未接來電？

而來電者又是誰？

結束今天的約會行程已是下午四點多，黑律言一如往常送顏允菡回家。在經過公園時，顏允菡提議進去坐坐。

她一直不敢看手機，暗自希望在這段時間裡北野晴海已經聯絡上蘇雨菡了。

而黑律言自離開甜點店後就像有心事一樣，態度雖不至於冷漠，卻變得比較安靜。

顏允菡不想在這樣的氣氛下結束約會，但也不好告訴他蘇雨菡的事情，畢竟那是別人的私事，況且又牽扯到複雜的三角關係，她不確定黑律言聽了會作何感想。

「你家也在這附近對吧？在哪呢？」顏允莒故作若無其事問道。

顏允莒連黑律言的手機號碼都沒有，兩人之間的聯繫方式只有透過LINE，她想趁這個機會多了解他。

黑律言張望了一下，指向前方的一棟大樓，「看到那棟墨綠色的大樓了嗎？」

「有，那棟很高級……」

「我住在那裡。」黑律言喝了口從自動販賣機買來的飲料，「A棟。」

「什麼！」顏允莒倒抽一口氣，她曾聽爸爸說過，那棟大樓蓋好之後讓這附近的房價漲了不少，沒想到黑律言就住在那裡。「律師助理的薪水這麼好嗎？竟然能買得起那棟大樓的房子？這樣的話，我也想成爲律師了。」

「妳念法律系，本來就就很有可能成爲律師啊。」黑律言一笑，「但我住的其實是我朋友的房子，我只是向他承租。」

他的那位朋友便是皇甫繹，皇甫繹的家族可不得了，律師、法官、檢察官輩出，在那樣的家庭出生自然有其優勢，只是同時也得承受不小的壓力。

「我其實……」顏允莒想告訴黑律言，自己還是名高中生，又擔心一旦據實以告，或許會被他疏遠。

不如等她眞的考上K大法律系以後，再告訴他眞相吧。

「這本書我都已經買了，就給你吧。」顏允莒把那本朱盈簽了名的《寶寶小巫師》

遞給他，「過去也是你人生的一部分，不要否定它。」

聽見這番話出自比自己年紀小的人口中，黑律言略感驚訝，又十分感動。

他收下了那本書，「謝謝。」

其實顏允菬還是很在意黑律言過去的感情經歷，想多知道一些，不過她告訴自己不要急，未來慢慢了解就好。

「我有話想跟妳說。」黑律言吐出一口氣，「拐彎抹角不是我的個性。」

「嗯。」顏允菬握緊拳頭，不自覺跟著緊張起來。

黑律言深邃的雙眼凝視著她，風吹動樹葉的沙沙聲環繞四周，顏允菬感覺自己心跳如雷，整個世界彷彿只剩下他們兩人。

「我想跟妳更進一步認識，加深我們之間的關係，常常約出來見面。」黑律言神情認眞，「如果妳不喜歡，或者有男友或曖昧對象，可以直接……」

「沒有！我沒有男友，也沒有曖昧對象。」顏允菬趕緊否認，「我也這麼想，如果我們可以常常見面就好了。」

兩人彼此對視，都忍不住揚起笑容。

「那我可以理解成……妳對我也有好感？」黑律言小心翼翼地問。

顏允菬紅著臉點點頭。

「可是我很宅，而且一開始給人的印象也不討喜，爲什麼……」

「沒有什麼原因，你就是你啊。」顏允莒看著他，此刻的黑律言形容帥氣，早就不是最初見到的宅男模樣了。

黑律言打從心底笑了，原來踏出新的一步並不難。

「那我送妳回去吧。」

「沒關係，我爸有時候會在這時間出來慢跑，被他看到有點麻煩。」顏允莒搖搖頭，「這裡離我家很近，我自己回去就行。」

「到家後跟我說一聲。」

他們在公園道別，而顏允莒直到走到自家大廈的大門處，才終於拿出手機，在看清螢幕畫面後差點心跳停止。

北野晴海打了八十多通電話，傳了一百多則訊息，她嚇得連忙再次打電話給蘇雨菡，可一樣無人接聽，連先前傳過去的訊息都依舊沒被讀取。

「顏允莒。」殺氣騰騰的冰冷嗓音從前方傳來，穿著黑色西裝的北野晴海靠在一臺檔車旁。

沒料到北野晴海會直接殺到她家樓下，無處可逃的顏允莒只能握緊雙拳，緩緩走過去。

「你先聽我解釋。」她開口便這麼說，本以為北野晴海會插話，然而他只是盛氣凌人地盯著她，令她一時半刻說不出話來。

「解釋啊。」北野晴海的表情無比難看，就算長相稚嫩也叫人害怕。

「我不是故意騙你的，後來我實在不曉得要怎麼回你訊息。」顏允菭老實說，事到如今，她也沒辦法再隱瞞，「你是怎麼知道的？」

「我朋友看見妳和一個男生走在一起。」北野晴海抓住她的肩膀，「爲什麼要騙我？」

「因爲雨菡……」她嚇了一跳，再次語塞。

「我打了多少通電話，傳了多少次訊息？妳全部無視，妳知道我有多擔心嗎？尤其我方才又走不開，妳怎麼能背叛我！妳知道我有多相信妳嗎？」

「我只是……」顏允菭難以解釋，覺得自己裡外不是人。

「我事情一結束就立刻騎著機車到處找妳，我眞的……」北野晴海鬆開手，在盛怒之後，他的表情轉爲無奈與痛苦，「我今天眞的很難熬。」

顏允菭咬著唇，「對不起，我再也不會騙你了。」

「眞的？」北野晴海瞇眼。

「眞的。」就算蘇雨菡再怎麼拜託，她都不想再幫這種忙了，夾在中間實在很難做人。

得到這樣的保證，北野晴海的心情似乎好多了，緊鎖的眉頭總算稍稍鬆開，「那妳身體還好吧？」

「我怎麼了？」

「那天去婦產科，妳不是……」北野晴海左手掌朝上，右手兩根手指用力一折，顏允茵這才意會過來，原來他在問她跌倒的事。

「都多久了，沒事啦，已經都痊癒了，而且我習慣了。」她聳聳肩，她平常有時也會莫名跌倒。「今天我很抱歉。」

「嗯，以後如果我打電話給妳，或是傳訊息給妳，請妳一定要回應。」

「我會的。」顏允茵很清楚，北野晴海會急著找她，也只可能是因為蘇雨菡。

「那就這樣了。」北野晴海跨上檔車。

「這臺車跟你之前的機車不一樣。」

「我家有很多臺機車。」北野晴海簡短地答，戴上安全帽後揮了揮手，掉頭離開。

顏允茵抬眼目送著北野晴海騎車駛離，卻意外瞥見黑律言站在前方不遠處，正皺緊眉頭，神情陰沉地盯著她。

✦

稍早黑律言離開公園後，拿出手機查看電子郵件信箱，見到前幾天收到的聘用通知書，他停下腳步。既然已經和顏允茵說好要進一步發展關係，他認為第一步或許就是必須告訴她，自己並不是律師助理，甚至不在法律圈工作。

於是黑律言把手機放回口袋，轉身往顏允菬家的方向跑，他們才分開沒多久，他一定能夠搶在她進家門前追上她。

然而，當他瞧見顏允菬的身影時，也發現了另一個男人的存在。

那個男人和顏允菬在大廈的大門前拉扯，一開始他以爲顏允菬碰上了什麼麻煩，立刻就要上前，卻聽男人說：「我朋友看見妳和一個男生走在一起。爲什麼要騙我？」

黑律言看不見顏允菬的表情，只感覺她像是在解釋，接著男人憤怒地抓著她喊：「我打了多少通電話，傳了多少次訊息？妳全部無視！」

他無法將每句話都聽清楚，但他能確定一件事，今天不斷傳訊息和打電話給顏允菬的，就是眼前這個男人。

他們的關係看來不只是朋友，所以顏允菬實際上是有男朋友的，對嗎？

最後，在顏允菬承諾不會再說謊之後，男人終於冷靜下來，問了顏允菬身體如何。

「那天去婦產科，妳不是……」

這句話猶如晴天霹靂，黑律言僵住了。是這個男人和顏允菬一起去婦產科診所的？

「都多久了，沒事啦，已經都痊癒了，而且我習慣了。」

一個荒唐卻又合理的猜想在黑律言腦中成形，他不禁懷疑自己可能只是一個備胎。

黑律言臉色陰鬱，在男人騎著機車離開後，顏允菬終於注意到他的存在。

「你、你怎麼來了？」她看起來很緊張，黑律言頓時感覺原先那麼美好的一切，在這一瞬間都化爲烏有。

「原來妳是這種女人，愛玩、不珍惜自己、隨意玩弄別人的眞心。」黑律言冷笑，「是啊，像妳這種外型的女人，我有什麼好意外的？」

「什麼叫做『像我這種外型的女人』？」顏允菭簡直不敢相信，「你是不是誤會了什麼？」

「我有眼睛，我看得很清楚。」黑律言語氣漠然，「之前的話就當我沒說過，從今以後，我們沒有任何關係，也不要再聯絡。」

「你是因爲看到剛才那一幕就誤會我？那個人是我的朋友，他只是……」

「把妳的解釋留給其他男人吧。」黑律言轉身就要走。

「你眞的覺得我是那種女人？這些日子你和我相處下來，有感覺到我是那樣的人嗎？」顏允菭不曉得黑律言誤會到什麼程度，但她非常傷心。

誰都可以因爲外表而誤會她，唯獨黑律言不行。和他在一起的時候，是她最放鬆、最做自己的時候，如果她連拿出眞心與人來往都能被誤會，那麼她不就不能再安慰自己她之所以會被他人疏遠，只是因爲她的外表所帶來的刻板印象使然？

「相由心生。」黑律言丟下這麼一句話，便邁步離開。

「好啊！如果連你都這樣想，那就算了！我就是一個愛玩的女生，你不過是我的備胎之一！」顏允萏氣哭了，她發狂地大吼，望著黑律言逐漸遠去的背影，淚水模糊了她眼前的畫面，那橘紅刺眼的斜陽，成爲了她此生最討厭的畫面。

✦

「允萏，星期六那天對不起。」蘇雨菡撒嬌著道歉，「我聽晴海說，他跑去找妳，眞的很抱歉。」

「嗯，沒事了。」

「你們和好了？」顏允萏不敢相信，「完全沒事了？」

「既然妳欺騙了北野晴海，選擇和紀青岑單獨相處，那不就表示妳選擇了紀青岑嗎？」心情不太好的顏允萏按捺不住，又忍不住這麼問。

蘇雨菡卻一臉莫名，「爲什麼？」

「妳的這個行爲不就是……」

「這是例外，唯一一次例外。」蘇雨菡嘟嘴，「我爲什麼要選擇呢？」

「好吧，當我沒說。」顏允萏放棄爭辯，稍微揉了揉眼睛。

「妳還好嗎？眼睛好像腫腫的。」蘇雨菡伸手輕觸了一下顏允萏的眼皮，「感覺像哭過。」

「我週末都在追劇，所以才會這樣啦。」顏允莒這番話不算說謊，只是她痛哭的原因不是因爲劇情，而是被黑律言誤會。

那天回到家，她在LINE上封鎖了黑律言，她想對方肯定也會這麼做。

「今天正式的代課老師就會過來，我想在班會上提議換座位，妳們的意願呢？」庾岷手裡拿著筆記本和筆走過來。

「不要，我們要繼續坐在一起。」蘇雨菡抱住顏允莒。

「好吧，妳們兩位不贊成。」庾岷在筆記本上的「不同意」欄位下方多畫了兩筆正字記號。

「原來今天代課老師就會來了。」顏允莒說。

「終於，我不想各科老師輪流過來代課，每天充滿著不同的考試……尤其是教務主任，他每次都叫我提醒晴海乖一點，好煩喔！」蘇雨菡埋怨。

「北野晴海很恐怖耶。」庾岷打了個哆嗦。

「當然，他可是北野晴海。」蘇雨菡的語氣像在炫耀自家孩子一般。

「對了，顏允莒，有件事情……」庾岷欲言又止。

「怎麼了，你之前也這樣怪里怪氣的。」

庾岷嘆了一口氣，「高一的同學們說要辦同學會，我是負責人，必須每個人都問過……」

「我不去。」顏允菑毫不思索便答。

「我知道，所以我才猶豫要不要問妳。」庾岷看起來很爲難，「那我就登記妳不去了。」

「嗯。」顏允菑咬唇應聲。

庾岷拍了下她的肩膀，便往後面走去，詢問其他同學換座位的意願。

「妳高一時發生過什麼事嗎？」蘇雨菡問。她和顏允菑高一的班級離得很遠，加上當時兩人都有各自的煩惱，沒有餘力關心校園裡的八卦。

「反正就是因爲外表被誤會。」顏允菑輕描淡寫地帶過，想起了黑律言。

黑律言這麼誤會她，她眞的很生氣，可是過了兩天冷靜下來後，她又覺得自己並不想爲了這種誤會而錯過黑律言，畢竟她很喜歡他。

雖然正是因爲喜歡他，被他誤會的傷害才更深刻。

她拿出手機看著螢幕，思考著是否該解開對黑律言的封鎖。或許黑律言也發現是他誤會她了？

「唉。」顏允菑嘆了口氣，把手機放回口袋。

上課鈴響，同學們紛紛返回座位上，隨後教務主任走了進來。全班同學面面相覷，不是說有正式的代課老師要來嗎？

「各位同學看到我不要這麼失望，主任會很難過的。」教務主任在臺上半開玩笑說，「好了，你們的代課老師終於來了，是個非常優秀的老師。乖一點，別嚇跑人家，知道嗎？」

教務主任左手往教室前門的方向一指，全班跟著望了過去，只見一名穿著淺藍色襯衫與黑色長褲的高䠷男人走進來，他乾淨俐落的頭髮整個往後梳，五官十分好看，臉上掛著親切的笑容，引起女同學們的小聲驚呼。

「大家好，我叫黑律言，是你們接下來的代課老師。」

黑律言站在講臺上對所有人微笑，目光快速掃過臺下的學生，接著睜大了雙眼，笑容僵住。

顏允萏摀著嘴，表情和他同樣驚訝。黑律言居然是……老師？

第七章

那天黑律言會像瘋子般不聽解釋，又擅自誤會顏允菭，並非沒有原因。

當年他和朱盈交往是在高中的時候，或許是因為年輕，又或許是因為第一次談戀愛，兩人都不明白自己該為愛情付出到什麼樣的程度。

因此高三選塡志願時，即便黑律言對法律興趣缺缺，也還是為了朱盈而塡了相同的科系排序。

他們的在校成績差不多，大考成績也相近，所以他們都以為可以考上同一所大學的同一個科系。

然而放榜的結果卻是朱盈被分發到了教育學系，黑律言則是法律系，這讓他們失望至極。所幸兩人還是在同一所大學，加上教育系和法律系在同棟大樓，情況不算太糟。

「我升上大二再申請轉系看看。」朱盈當時這麼說，但念了半個學期後，她卻對教育領域產生了興趣，甚至萌生未來走上教學之路的夢想，於是便打消了轉系的念頭。對此，黑律言有點失望，不過並未太在意，他認為應該尊重朱盈的選擇。

出乎意料的是，雖然他對法律沒有任何興趣，卻在這方面頗具天賦，背起法條和案例不費吹灰之力，面對課堂上傳授的知識也能輕易融會貫通。

「你是我教過最有天賦的學生！」曾經是檢察官的葉教授對他寄予厚望。

「在遇到你以前，我還眞不知道有『對手』這個詞呢。」出身自法律世家的皇甫絳不只一次說過。

「可是你對法律沒什麼興趣吧？」就讀心理系的周夜蒼總是這麼問，只是黑律言從沒承認過。

畢竟每個教授都看好他的未來，甚至大二就有律師事務所希望他將來能過去實習，曾經他也以爲自己有一天會成爲律師。

然而一切在某次期中考後有了變化。

「我想參加這個活動。」朱盈讓他看一則網路貼文，是兒童電視節目的來賓徵選訊息。

「妳對演藝圈有興趣？我怎麼都不曉得？」黑律言瀏覽內容，貼文裡開出的條件看似相當優渥。

「我不排斥在大家面前表演，之前在校慶活動演出得到讚美，也讓我有了點興趣。」朱盈咬著下唇，「你覺得呢？」

「做妳想做的事就好。」黑律言摸摸她的頭。

「我就知道你會這麼說。」朱盈漾開笑容抱緊了他，能有個人無條件支持自己，是多麼開心的一件事。

「徵選時間跟期中考同一個禮拜，這樣沒問題嗎？」

「沒問題！不過可能要請你幫我一點忙。」朱盈吐吐舌頭，「你成績一直都很好，我想要你陪我一起念書，如果可以順便幫我抓重點就更好了。」

「但我們念的科系不一樣，我怕抓不好重點。」

「不會，我相信你！你這麼聰明。瞧，整個K大都知道法律系有個明日之星呢。」朱盈這番稱讚發自內心，黑律言笑了笑，沒再說什麼。

結果，在陪伴朱盈念書的這段期間，黑律言發現原來教育這門學問相當博大精深，除了基本的中英文、歷史學、文化學等必修，還可以修習教育史、哲學或是理學，甚至有心理輔導等課程。

越是鑽研，他越是產生了興趣，之後便選修了教育系的課。而即使他的心力分了大半到其他領域，在法律系的學業表現依舊很好。

另一方面，朱盈順利徵選上兒童節目的班底，從接到通告才去錄影，到成爲固定來賓，最後變成第三主持人。充滿才華的她逐漸受到矚目，後來甚至有了自己的節目，藝名叫做小獼猴姊姊。

她善用自己的知識提供許多節目製作的點子，令收視率節節高升，不少大人也會陪同孩子收看，她很快就成了家喻戶曉的藝人。

「如果我現在說想專心走演藝圈這條路，會不會很善變？」大三時，朱盈這麼問黑律言，明顯有些糾結。

「就做妳想做的事。」黑律言說了和過去一樣的話。

「謝謝你。」朱盈微笑。

從此以後，兩個人就很少碰面了。

她很忙碌，他也很忙。他猶豫著是否該轉系，但已經大三了，連實習的事務所都決定了，況且他在法律這塊的表現確實很出色，臨時轉到其他領域眞的明智嗎？

「黑律言，你的名字天生就注定要當個律師啊，你瞧，黑律師。」皇甫絳不只一次這樣開玩笑。

「是黑心律師。」周夜蒼則會調侃他。

「你們都確定現在讀的科系，就是自己未來要走的路嗎？」某天，在三人的聚會上，黑律言忍不住問。

「我從小就在律法環境中長大，想不出還有什麼其他的工作能做，而且因爲從小接觸，有一定程度的了解，能比較快進入狀況。」皇甫絳對自己即將踏上的未來毫無懷疑。

「我就是喜歡，沒什麼理由。」周夜蒼簡短地回，「你怎麼了嗎？」

「我在考慮要不要轉換跑道。」黑律言此話一出，另外兩人都大驚失色，尤其皇甫絳嚇得筷子都掉了。

「爲什麼？你的成績不是很好嗎！我們不是約好以後要一起開律師事務所？」

「誰跟你約好……況且你應該會接下你爸的律師事務所吧？」

「我要自己創業！」皇甫絳抓住黑律言的手，「你講眞的假的？你要放棄律師這條路？」

「我還在想。」黑律言甩開他的手。

「雖然我一直都感覺得到你對法律沒太多熱忱，但你怎麼會忽然有這樣的想法？」

周夜蒼率先冷靜下來，喝了口酒。

「從大二就在考慮了，朱盈她……」

「啊，朱盈已經全心投入演藝圈了對吧？她的確很適合。」皇甫絳拿起筷子夾了塊花枝。

「朱盈以前說過想投身教育，現在卻是你……」周夜蒼停了一下，「你想轉換跑道是指轉系嗎？難道是轉到教育系？」

「嗯。」透過兩位好友的表情，黑律言明白自己被誤會了，「不是因爲朱盈，我只是在陪她念書的過程中，發現自己對教育挺有興趣。」

皇甫絳和周夜蒼無法完全相信這番話，畢竟黑律言在法律這個領域表現得如此出色，怎麼會在大三快要結束的時候，才突然想選擇走另一條路？

除非是發生了什麼重大的變故。

「你和朱盈還好嗎？」皇甫絳終於問出口。朱盈自從踏入演藝圈後，基本上幾乎等於放棄了學校的課業。

「她過得很好。」黑律言答得乾脆，「而我相信她。」

本來與藝人談戀愛，就是要隱瞞自己的存在，畢竟朱盈的事業剛起步，不公開戀情是最佳選擇，這個道理他們都懂。

只是朱盈聰穎又漂亮，時常會被媒體和其他條件相當的男藝人湊對，而朱盈每每都會向他說「沒有的事」、「那些都只是炒作」、「再給我一點時間，等我站穩腳步，就會公開戀情」。

這些話聽久了也會疲乏，但是黑律言仍舊選擇無條件支持女友，從不懷疑。

「我們交往了好幾年，我不會因爲一點風吹草動就捕風捉影，甚至腦補一堆劇情，我百分之百信任朱盈，我相信她說的話。」

「嗯，也是啦。」皇甫絳拍拍他的肩膀，沒再多言。

於是，就算週刊雜誌拍到朱盈深夜進出男藝人家，拍到雙方在公園嬉鬧、拍到她和其他男人接吻，只要朱盈說一句「那是假的，當時旁邊都有工作人員」，黑律言就不會質疑。

在他心中，朱盈依然是朱盈，是那個高中時期就與他交往的、單純的朱盈。

「黑律言，等等下課有空嗎？」某天課程結束後，葉教授找上了黑律言。

「有。」他手裡抱著一疊原文書，臉色看上去不太好。

「來我的辦公室吧，我請你喝咖啡。」

葉教授是個六十多歲的男人，平時看上去嚴肅，笑起來其實很像彌勒佛，和藹可親。曾經是檢察官的他實務經驗豐富，講起課總是讓人收穫良多，他的口頭禪是「放下成見，只看證據」。

黑律言從以前就常來葉教授的辦公室，裡頭整潔乾淨，書櫃中清一色都是刑法與民法相關書籍，或是各種案件資料。他在旁邊的沙發上坐下，葉教授給了他一杯熱的黑咖啡。

「最近還好嗎？是不是實習的事務所對你太過嚴厲了？」

面對葉教授難得的關心，黑律言忍不住一笑，「教授，您不適合說這樣的話，有什麼話不如就直說了吧。」

「哈，我想也是。」葉教授聳聳肩，「戀愛是很重要的人生課題，但如果已經嚴重影響到生活，或許需要停下腳步認真思考。」

「教授，這種話也很不適合由您來說……」黑律言又笑了，拿起桌上的咖啡。

「你就是太過認真又死心眼。」說完，葉教授不再開口，兩個人就這麼靜靜地對坐喝完咖啡。

離開辦公室，黑律言獨自走在偌大的校園中，回想自己和朱盈交往的點點滴滴。他很清楚朱盈這些年來的改變，只是他從不去正視，人本來就會因爲環境的變化而受到影響，這沒有一定是好或不好，不過是朱盈選擇走向另一個地方。

而那個地方是黑律言到達不了，也理解不了的。

所以他傳訊息和朱盈提了分手。

朱盈只回傳了「對不起」，兩個人幾年的感情就用寥寥幾個字結束，平靜得連一絲漣漪也沒激起。

但黑律言終究還是在校園的角落停下腳步，掩面哭了起來。

談了這麼久的戀愛，他和朱盈幾乎是彼此扶持著成長，更把對方放入了自己的未來藍圖，可最後還是逃不過現實的考驗。

或許初戀之所以不長久，就是因爲一切都還充滿了改變的可能。

過了很久以後，黑律言才得知，週刊雜誌拍到的畫面都是眞的，是朱盈說了謊。不過他已經不在乎了，大四時他輔修了教育學系，身邊的人都認爲他是忘不了朱盈才會這麼做。

畢業後，他不顧旁人反對踏入了教育領域，花了幾年終於拿到正式教師執照。一開始他在國中擔任科任老師，一切都很順利，直到有天朱盈突然從螢光幕上消失。

他有點擔心，雖然他們早已不是戀人，不過還是朋友。可是他和朱盈很久沒有聯絡，因此他找上周夜蒼，請他問問朱盈的近況。

「朱盈有時候會來找我。」周夜蒼語出驚人，「而我是以心理師的身分和她見面，所以才沒有告訴你。」

周夜蒼是諮商心理師，現代人或多或少都需要諮商心理師的傾聽與幫助，以修復心靈上的傷痕。只是朱盈遇到了什麼事，導致需要向周夜蒼求助？

「那你現在又爲什麼告訴我？」黑律言明白病患的隱私不得洩露。

「因爲你在擔心她，不過她目前過得還不錯。」周夜蒼點開他和朱盈的聊天室，把手機遞給黑律言看。

頭像裡的朱盈笑得燦爛如花，仍舊耀眼而美麗。

「我最近轉換跑道，找到了其他夢想。很快你就會看到我的作品了喔！」

「沒事就好。」黑律言鬆了口氣。

「你還忘不了朱盈嗎？她已經邁向人生的下一……」

「沒有什麼忘不忘的。」黑律言聳肩，「我過得很好。」

周夜蒼看著他的教師證，「你手上該拿的是律師執照。」

「我選擇了自己想走的路。」

「在我看來，這是你用來懷念朱盈的方式，也是一種逃避。」穿著黑色西裝的皇甫絳出現在兩人的座位旁，他把公事包丟到一旁的椅子，直接在周夜蒼身邊坐下，拿起他的啤酒一口飲下。

「那是我的……」周夜蒼小聲抗議，但沒被理會。

「我最近遇到葉教授，他問我你在哪間律師事務所，我根本答不出來。你自己跟葉教授解釋爲什麼沒走律師這條路好嗎？」

黑律言一時陷入沉默，他覺得對不起如此看重自己的葉教授，也覺得辜負了對方的期待很過意不去，因而他選擇了逃避。

「抱歉，你乾脆說我出國算了。」

「我踢你喔！」皇甫絳傻眼。

「好了，就先這樣吧。」周夜蒼嘆了口氣，「既然你都決定了，就好好做這份工作吧。」

黑律言實在不懂，爲什麼他的兩個好朋友都無法理解，他是眞的喜歡教育這個行業？

「有時間和我聊聊吧。」周夜蒼提議。

「不需要預約的話，我就聊。」黑律言沒好氣地回。自從出社會後，周夜蒼三番兩次勸說黑律言預約正式諮商，彷彿認定了他還忘不了朱盈，還爲朱盈黯然神傷。

時間久了，黑律言也懶得再解釋，乾脆讓他們繼續誤會下去。

過了一陣子，有次黑律言沒收了學生在課堂上偷看的漫畫書，帶回辦公室後，才發現是最近很受歡迎的作品《寶寶小巫師》。出於好奇，他翻了幾頁，正好隔壁座位的老師看見，便過來湊熱鬧。

「這部漫畫最近很紅，我兒子很喜歡，作者是個很年輕的臺灣女生。」那位老師說。

於是黑律言翻到封面的折口處，赫然發現作者是朱盈。

「啊，我想起來了，她就是小獼猴姊姊對吧？她真的很多才多藝，以前她的節目我們全家也很愛看。」那位老師又興高采烈地補充，黑律言則是驚訝地看著作者介紹。

我是朱盈，目前大家更熟悉的名字應該是小獼猴姊姊。

很快，朱盈會超越小獼猴姊姊。

《寶寶小巫師》靈感來源自我過往的生活，以及與朋友相處的點滴，那最單純的時光、最純真的情感，孕育出如今的《寶寶小巫師》。

希望你一切安好。

雖然沒有指名道姓，黑律言仍認爲這個故事的發想就是來自於他。

他立刻上網購買了一整套《寶寶小巫師》，想確定自己是不是自作多情。

《寶寶小巫師》的主角是一男一女兩個小巫師，他們一起從一個偏遠的小村落出發，目標是抵達王都，並且成爲最厲害的魔法師。

一路上他們遇到很多怪物、經過很多城市、結交許多同伴、對抗許多敵人，大多時候都有驚無險，故事的基調愉快且輕鬆，情節也富有教育意義，然而黑律言卻不自覺地掉下眼淚。

小女孩巫師說：「如果有一天，你接到一個可以成爲大魔法師的任務，但只能一個人執行，你會不會丟下我去解任務呢？」

小男孩巫師回：「絕對不會，我一定會想辦法帶妳一起。」

小女孩巫師說：「任務只能一個人解喔。」

小男孩巫師回：「這樣我就不會去，我會找到其他方法，和妳一起成爲大魔法師。」

小女孩巫師說：「可是如果是我的話，我會拋下你，自己去執行那個任務。」

小男孩巫師愣了下，像是在思考。

小女孩巫師說：「對不起，我很自私。」

小男孩巫師回：「不會，那是妳的選擇嘛！我不會生氣的。」

小女孩巫師說：「那我們還會是好朋友嗎？」

小男孩巫師回：「會呀！妳就去做妳想做的事吧！」

後來，兩位小巫師分離了一段時間，各自在成爲大魔法師的道路上前行，他們有時會看著一樣的天空，想著彼此是否都正在努力。

故事暫時進行到這裡，沒有參雜愛情的成分，只是單純講述兩位小巫師之間的友誼，與自我成長的過程。

黑律言心想，或許朱盈也跟他一樣痛苦，但即使如此，他仍無法坦然地和朱盈聯絡。

從此，他開始關注《寶寶小巫師》的故事進展，原先是直接購買書籍，漸漸卻產生了何必幫她增加版稅收入的幼稚想法，於是變成到書店翻閱。

而對於朱盈成爲漫畫作者，皇甫絳說K大校方感到與有榮焉，只是葉教授因此又問起了黑律言，這讓皇甫絳非常苦惱，每次都得找理由推說自己不清楚。

「你爲什麼好好的老師當到一半，又忽然離職？」皇甫絳在他們三人的例行聚會上問。

「朱盈受邀來我們學校演講。」

皇甫絳和周夜蒼停下正在烤肉的手，面面相覷後看向黑律言。

「就爲了這個理由？」周夜蒼不敢置信。

「我認為這理由足夠了，我還不想見到她。」黑律言聳肩。

「你眞的……很極端。」皇甫絳往後靠在椅背上，「那你找到下一份工作了嗎？」

「沒，暫時休息，不過我有接補習班的短期班。」黑律言的教學方式清楚易懂，所帶的班級成績都有顯著提升，再加上長相帥氣，因此深受學生與同事的喜愛。

「為什麼你們學校會邀請朱盈去演講？」皇甫絳又問。

「因為《寶寶小巫師》。她的轉職算很成功。」

「那你看過嗎？」周夜蒼一如往常敏銳，他先前就注意到故事內容可能是給黑律言的訊息。

為免節外生枝，也不想讓朋友們擔心，黑律言便謊稱自己沒看，導致後來他去書店翻閱都只能偷偷摸摸。所以當被顏允菖發現時，他才會那麼慌張，並要求顏允菖不能說出去。

會認識顏允菖是個意外，不僅出於感謝皇甫絳總是幫他應付葉教授的詢問，也還有其他眾多原因，他才會答應臨時代替皇甫絳去參加這場無法推掉的聯誼。

葉教授講課時相當喜歡拿過去的學生來舉例，但顏允菖顯然沒聽過他的名字，這讓黑律言稍微放心了一點，不過他還是拜託顏允菖別向教授說見過他，更不能提到自己在看朱盈的作品。

一開始，顏允菖給人的感覺像是輕浮的女生，彷彿會天天跑夜店一樣，然而經過幾次的相處，他逐漸對這個總是裝扮得過於豔麗的女孩產生了特別的情感。

明明看起來愛玩，兩人聊的話題卻總是環繞著《惡魔勇者兵團》打轉，有時也會討論各自喜愛的電影和小說，偶爾顏允茵還會分享一些有趣的影片給他。

顏允茵的反差引起了黑律言的興趣，她有太多地方不像法律系學生，甚至不像K大的學生。她不僅時間很多，總是很快回覆訊息，還一下子就追完了《惡魔勇者兵團》的漫畫和動畫進度，而且從來沒提過任何K大的事，也沒問過他任何關於法律的問題。

一般來說，後輩都會想和前輩打聽教授的個性，或是請教學習上的疑問，以及了解未來出路與就業心得等等，那天在聯誼中，M大法律系的女生幾乎都問了這些，唯獨顏允茵從頭到尾安安靜靜。

她眞的是K大的學生嗎？

黑律言有時會產生這樣的懷疑，只是從來沒有深思。

反正和她在一起的時候很開心，甚至可以放鬆地開懷大笑。

他想和顏允茵更加熟悉，便約了她出來，沒想到一整天顏允茵都在留意手機和回覆訊息，期間還不時有電話打來。當時他不小心瞥見螢幕畫面，顏允茵似乎告訴別人自己正在另一家餐廳，和一個女生在一起。

黑律言對朱盈的事是眞的已經不在意了，只是這個當下，他忽然想起朱盈曾經的一些行爲——和他見面時一直在回覆訊息，在被週刊記者拍到與人過分親密時，也會傳訊息向他解釋。

奇怪的不安在他心裡擴散，黑律言原本以為，顏允菭是個外表豔麗但內心單純的女生。

會不會，是他誤信了？

就跟他誤信了朱盈一樣。

「過去也是你人生的一部分，不要否定它。」

可是顏允菭對他說了這番話，令他十分感動。他想要再次相信自己識人的能力，相信顏允菭說的話。

「我想跟妳更進一步認識，加深我們之間的關係，常常約出來見面。」所以他這麼說，在朱盈離開之後，他終於走向了下一個人。

他決定老實告訴顏允菭自己並不是律師助理，而是老師。

剛好就在前幾天，他過往結識的某位老師推薦他前往青海高中擔任代課班導，原定的代課老師發生車禍意外，亟需盡快找到接替人選。青海高中校方與黑律言會面之後相談甚歡，他順利得到這份工作。

於是黑律言追到顏允菭家樓下，打算向她坦白。他心跳飛快，想像著顏允菭會有什麼反應，隨即卻見到她正與一個男人拉拉扯扯。

她不是說怕被爸爸發現，拒絕了他送她回家？為什麼會和別的男人在一起？兩人似乎還相當熟悉。

深埋在心中的猜疑一瞬湧上，令黑律言拼湊出難堪的設想，過去遭受朱盈欺瞞的記憶和此刻所見重疊在一起，使得黑律言說出非常過分的話。

離開後，黑律言點開LINE封鎖了顏允莟，決定就這樣斬斷這段還沒開始的感情。

不過隔天他就後悔了，他是不是該聽聽顏允莟怎麼解釋？可他親眼所見的那些難道都是假的？心煩意亂之下，他決定暫時先專注在自己接下來的新工作上。

只是他萬萬沒想到，居然會在踏進青海高中二年四班教室後，看見穿著制服的顏允莟坐在臺下。

第八章

「顏允茗，妳眞的不想參加高一同學會？」庾岷又跑來問顏允茗，並無奈地解釋自己問第二遍的原因，「那間餐廳的訂位人數要雙數才有優惠。」

「雙數很簡單吧？大家帶男女朋友去就行了啊。」

「不能帶人去啦，而且只要所有人都出席，就會是雙數了。」庾岷一臉爲難，「全班就只有妳不去。」

「大家感情還眞好。」顏允茗冷笑，「我是不會去的。」

「拜託啦，求求妳，我是主辦人，又是唯一現在跟妳同班的，要是沒把妳帶去，搞得我很像辦事不力耶！」庾岷急了，居然拉住顏允茗的手左右搖晃。

「不要！」

「求求妳，和我一起去啦，我很希望妳跟我一起去！」庾岷還在想辦法說服她，聲音大了些，絲毫沒注意到打鐘了。

「快點回座位吧。」黑律言準時站上講臺，全班同學都嚇了一跳。

「哇，是鐘響前就在門口等了嗎？」幾個同學忍不住竊竊私語。

因爲是在青海高中的第一堂課，黑律言十分重視，再加上先前見到顏允茗的震驚還沒消退，等他回神的時候，才發現自己已經來到二年級教室外的走廊。

他站在門口等待上課鐘響，期間顏允菡和庾岷始終在教室裡拉拉扯扯，庾岷甚至光明正大地說很希望她一起去某個地方。

這才是真正的顏允菡吧？明明只有十七歲，卻和不少異性關係匪淺。他怨自己怎麼笨到沒有發現，顏允菡如果是法律系的學生，怎麼可能有那麼多的休閒時間？還從來沒問過他任何關於法律的問題……不，他之前不是不曾懷疑過，但他最多只猜到顏允菡也許不是念法律系，怎麼樣都沒想到她未成年。

她總是化著濃妝，穿著清涼，因此顯得超齡。雖然那天夜晚在公園，脂粉未施的她面容稚氣，無奈他被心中的悸動沖昏了頭，並未思考太多。

對此，他羞愧之餘又有些憤怒，自己竟被一個小女生耍著玩，甚至動了心。

他踏入教室，而顏允菡一見到他便趕緊低下頭。

「再次自我介紹，我會在這段時間代替彭依苹老師擔任班導，我叫做黑律言，也會負責你們的國文課程。」黑律言不疾不徐地說，並露出得體的笑容。

「老師，可以問問題嗎？」幾個女同學興奮地嘰嘰喳喳了幾句，由一個人代表舉手。

「私人問題不回答喔。」畢竟之前在國中待過，黑律言很了解年輕女孩會問些什麼，他馬上把話說在前頭。

「好吧！那我就當老師單身了。」那名女同學調皮一笑，顯然高中女生沒國中女生那麼好應付。

「老師，我也有問題。」庾岷舉手。

黑律言微不可察地一頓，根據教務主任提供給他的資料，庾岷是個優秀的學生，也是班長。

「請說。」

「聽說老師的專長是數學？怎麼會教國文呢？」

「你們已經有邱淨這位優秀的數學老師了，而我當時取得的教師證書也包含國文科，所以兩科我都可以勝任。」

「哇！老師好厲害。」庾岷真心佩服。

「代課老師好帥喔。」蘇雨菡偷偷對顏允茖說。

「嗯。」顏允茖只能點頭。

黑律言帶著自信的微笑，閃閃發亮地站在講臺上，和聯誼時陰沉的模樣完全不同，令她感覺距離很遙遠。

他不是律師助理嗎？原來是個謊言。

雖然她自己也不是法律系大學生就是了……

兩人都沒料到會在這樣的情況下再次碰面，還發現原來彼此都說了謊。

整堂課下來，顏允莔幾乎都盯著自己的課本看，臺上那個神采飛揚的黑律言她不認識。儘管黑律言的教學方式十分風趣，讓大家不時發出笑聲，她卻只覺得備感壓力。

直到下課後黑律言離開，顏允莔才鬆了一口氣，她轉動僵硬的脖子，旁聽同學們熱切地討論這位新來的老師。

「他好厲害喔，是長得帥的關係嗎？怎麼他教的我都聽得懂，文言文都變白話文了。」蘇雨菡極力稱讚。

「誰很帥？」紀青岑冷不防冒出來，環顧教室一圈。

「新來的老師，黑律言。你們班有讓他教嗎？」蘇雨菡朝他一笑，紀青岑則伸手捏了她的臉頰。

「聽說他是K大法律系畢業的高材生，怎麼會來當高中老師？」紀青岑覺得有古怪。

「K大？眞假！我也想考K大！」庾岷突然湊過來。

「我們班導說的，今天我們也有一堂他的課。」紀青岑點頭，由於已經明白庾岷對蘇雨菡沒有意思，因此他收起了對庾岷的敵意。

「你想做什麼？」庾岷平常很少加入他們的閒聊，所以顏允莔反倒升起了警戒。

庾岷對著顏允莔露出諂媚的笑容，「拜託了，大人，跟我一起去同學會好嗎？」

「就說不要了，我不想見以前的同學，他們也不想見我吧？」顏允莔沒好氣地回絕。

「怎麼會，是他們要我邀請妳的。」庾岷嘆氣，「雖然只過了一年，但大家都變得成熟多了，也說想就以前的事情向妳道歉。」

顏允茵愣了愣，其實她一點都不在意那些人要不要道歉，反正升上高二後就沒有交集了，只是畢竟大家還在同間學校，偶爾在走廊遇見時，顏允茵大多都選擇無視。

可是……如果能夠少一些敵人，也不是壞事吧？

況且在和那些人鬧翻之前，她確實在高一班上曾有過一段短暫的開心時光。

「拜託啦。」庾岷再次懇求。

顏允茵想起當初庾岷也曾幫過自己，或許就當作報答，別讓他如此爲難吧。這麼轉念一想，她點點頭，「好吧。」

「耶！妳答應了，不能反悔喔！」庾岷興高采烈地跑開。

「妳不是很不想參加高一同學會嗎？」紀青岑不以爲然，「如果我是妳就不會去。」

「哎呀，允茵自己決定就好了啦。」蘇雨菡用手肘推了他一下。

「決定什麼？」又一個人神出鬼沒地出現，北野晴海揉了揉蘇雨菡的頭頂，另一手則撐在課桌上，眼睛看著顏允茵。

「她決定參加高一同學會。」紀青岑代爲回答。

「啊，我們班有幾個以前跟妳同班的女生，青岑班上也有對吧？」北野晴海說完後笑了聲，「妳被罵得好難聽耶。」

顏允茗皺眉，「她們在你面前罵我？」

「怎麼可能，沒人敢在我面前說別人閒話。」北野晴海稍稍提高音量，其他同學都避開了他的目光。

畢竟這位校園老大只對蘇雨菡溫柔，只容忍紀青岑無禮，最近能容忍的對象也許還多了顏允茗。

「都是一些無聊的閒言閒語，妳不用在意。」蘇雨菡說著，握住了顏允茗的手，「反正妳現在有我們就好了啊。」

「別把我算進去。」紀青岑沒好氣地說。

「雨菡如果要算我，那就有我。」北野晴海倒是不介意。「對了，妳動畫看完了吧？」

「看完了。」當初顏允茗之所以急著看，是爲了趕上和黑律言一起去看電影試映，眼看時間就是下個禮拜了，但是他們早已徹底鬧翻，想必那個約也沒了。

「那週末我去找妳拿。」

顏允茗看了一眼蘇雨菡，「還是我禮拜一拿來學校？」

「就讓晴海去拿吧，不然妳還得提來學校，多重啊。」蘇雨菡說。

「是啊，『我們』沒那麼小氣。」紀青岑的話顯得別有深意。

「我再LINE妳吧。」北野晴海說完，轉向蘇雨菡，「我們班的女生說，有個新來的老師很帥？」

「雨菡剛才也這麼說。」紀青岑一笑。

「沒有啦，我只是說以大眾的眼光來看是帥哥。」蘇雨菡趕緊澄清。

北野晴海瞇起眼，「嗯哼」了聲後，走出教室。

「你真多嘴。」蘇雨菡捏了紀青岑一下。

「哈哈。」紀青岑笑了，那笑容充滿魅力，不過只屬於蘇雨菡。

✦

放學時間，顏允茖站在校門旁的長椅邊等著。雖然一整天在學校都表現得和平常一樣，其實她的內心非常激動。

她想跟黑律言說清楚，卻也明白這種事並不適合在學校說，所以選擇在這裡埋伏。

一群群學生嬉鬧著走出校門，老師們也一個個下班了，直到校門口站崗的教官都離去後，黑律言仍然沒有出現。

顏允茖皺眉，難道黑律言還在學校？還是他開車來上班，已經從車道離開了？

就在她來回踱步的時候，黑律言和兩位老師一同從校舍裡走了出來，顏允莔見狀趕緊躲到圍牆邊。

「黑老師，聽說你是K大法律系？領域跨得這麼遠呀。」

「眞不公平，我大學和研究所都是念國文系，感覺卻不如黑老師啊！」

「別這麼說，我還得多向兩位老師學習。」

同爲國文科教師的三個男人聚在一起，似乎相談甚歡，還約好之後有時間要互相討教。其中一位老師往顏允莔的方向走來，她趕緊縮到樹叢後，等那位老師走遠，她才小心翼翼地探出頭。

見到黑律言和另一位老師往反方向走去，顏允莔連忙加快腳步跟上。

她保持著一定的距離，在下一個街口，這位老師也和黑律言揮手道別，黑律言獨自左轉離開。顏允莔把握機會追上前，可是當她繞過轉角時，卻只看見筆直的商店街，以及陌生的路人。

他進了哪家店嗎？顏允莔一面往前走，一面四下張望，仍舊找不到人。

而待在文具店裡的黑律言透過玻璃窗注視著她，表情陰鬱。

放學時，他站在走廊往下望去，看見了在校門口外的顏允莔。

一開始他只是出於好奇，想知道顏允莔在等誰。

她會光明正大地和男生約在校門口碰面嗎？

他的心中充斥著猜忌，也充斥著怒氣。

「黑老師，還不下班嗎？」

過了一會，兩位國文老師來搭話，黑律言不好推辭，便與他們一同離開學校。令他訝異的是，當他們走出校門時，顏允萏居然跟上來了。

爲什麼要跟著他？

難道是因爲發現他是老師，認爲有什麼好處可以撈？

可是未成年的她，和他又有什麼可能呢？

等顏允萏走遠，黑律言又待了一會才走出店家，看著已經沒有顏允萏身影的商店街，他轉過身，往另一個方向走。

接下來的日子裡，黑律言就當顏允萏是空氣，即使顏允萏好幾次在校門口等著堵人，黑律言總是會刻意跟其他老師一同離開，之後再伺機甩掉她，顏允萏卻沒意識到自己早就被發現了。

✦

安排在週末舉辦的高一同學會很快到來了，顏允萏照例化了濃豔的妝，穿上細肩帶背心與合身短褲，並套了一件薄針織外套。

來到餐廳，裡頭人聲鼎沸，當顏允萏打開包廂門時，所有視線頓時往她身上投來，刺得扎人。

「妳來啦。」率先打招呼的是左丹芬，她是個外型姣好的漂亮女孩，IG的追蹤數有兩萬之多，從以前就是班上的領頭人物。現在她在二年十班，同樣也是風雲人物，而二年十班也聚集了最多高一時與她同班的同學。

「好久不見。」顏允萏頷首，因爲二年十班的教室離得遠，平時她們不太會見到面。顏允萏不由得暗自後悔，她到底爲什麼要來這場同學會？

「妳還是跟以前一樣打扮得很漂亮呢。」左丹芬上下打量顏允萏，並把手上拿著的一杯飲料遞給她，「坐這邊吧，我們這麼久不見，坐著一塊聊聊天。」

顏允萏環顧四周，「庾岷呢？」

左丹芬臉色一變，這個表情顏允萏很熟悉，不過左丹芬隨即又揚起微笑，「怎麼了嗎？」

「畢竟他是主辦人，現在也和我同班。」顏允萏的言下之意是，對現在的她來說，庾岷是比較熟悉的人，有庾岷在的話，她才不會尷尬。

可是聽在高一時就暗戀庾岷的左丹芬耳中，這番話非常刺耳，「妳一點也沒變啊。」

顏允萏眉頭一皺，更加後悔出席了，於是她起身想要離開。

「抱歉！我遲到了。」然而此時庾岷正好抱著抽獎箱進來，包廂內劍拔弩張的氣氛瞬間消失。

「庾岷，辛苦你啦！」左丹芬端起笑容，上前幫庾岷拿東西。

「謝謝。」庾岷朝她點點頭，接著向顏允茵說：「妳到了呀。」

「嗯，但要走了。」

聞言，庾岷張大嘴巴，「爲什麼？不要走啊！菜都還沒上耶！」

他趕緊把抽獎箱放到一旁的椅子上，坐到顏允茵身邊。

「庾岷，阿南有幫你留位子喔。」左丹芬僵硬地勾起嘴角。

庾岷看了坐在另一桌的阿南，對他豎起拇指，「謝了，阿南，我坐這就好。」而阿南也豎起大拇指回應。

左丹芬氣得不輕，她不懂爲什麼從以前庾岷就特別照顧顏允茵。

她用力拉開椅子，坐回顏允茵的另一側，其他女同學見狀，明白高一的情況再度重演了，大家又得選邊站。

顏允茵無奈地坐下，決定吃點東西再離開，當作給庾岷面子。

他們所在的是一家平價美式餐廳，很快炸雞、披薩、薯條、可樂陸續被送上桌，擺滿了每一張桌子。

「謝謝大家來參加同學會，雖然我們都還在同一間學校，可是升上高二後，彼此的班級分得很散，像我只有和顏允菭同班而已。趁著這個難得的機會，我們好好聚聚吧！」庾岷站起來向大家舉杯，所有人也熱情地回應。

顏允菭一邊喝著可樂，一邊回想過去的種種。在眼前這歡樂的假象之下，隱藏著她曾經遭受同學排擠的事實。

她今天會來，除了看在庾岷的面子上，也是庾岷說左丹芬那群人想道歉，所以她來瞧瞧是否真有其事。結果不意外，果然只是謊言，左丹芬甚至像以前那樣，用隱隱帶著不屑的目光打量她的穿著，又莫名其妙嘲諷她。

「庾岷，我要先走了，家裡有急事。」顏允菭找了一個藉口讓場面好收拾，並暗自下定決心從此不再與這些同學見面。

「這樣嗎？等會還有交換禮物的環節……」庾岷有些慌張。

「妳要走了啊？」左丹芬高聲喊，「搞這招吸引大家注意嗎？」

顏允菭瞪了她一眼，「左丹芬，妳很幼稚。我真的不曉得自己哪裡惹到妳，讓妳忽然之間這麼討厭我，甚至還散播關於我的謠言。」

沒料到顏允菭會反擊，左丹芬瞪大了眼睛，一時不知該作何反應。

「說什麼啊！顏允菭，妳本來就是那樣還怕人講！」

「對呀，丹芬把妳當好朋友，妳卻背叛她，她還原諒妳耶！」

幾個女生七嘴八舌地罵著，所有砲火都對著顏允菭；男生們則安靜喝著飲料或滑手機，絲毫不打算加入女生們的戰局，就像高一時那樣。

「妳們適可而止吧？」

庾岷嚴肅地開口，只有他跳出來當和事佬這點，也和高一時相同。

他認眞地看著大家，「今天是同學會，大家應該開開心心，而且是妳們說要道歉，我才拜託顏允茖來的。」

「誰、誰要向她道歉！」

「對呀！我們看不慣她高一時做了那些事，現在卻跟沒事人一樣。」

「是啊！還跟紀青岑、北野晴海走得那麼近。」

「庾岷，你從以前就特別照顧她，難道你喜歡顏允茖？」

女孩子們你一言我一語，顏允茖不禁冷笑。

「在妳們的認知中，和異性關係好就是喜歡對方？男女之間沒有純友誼？」顏允茖瞪著左丹芬，「還有，妳們如果對北野晴海或紀青岑跟誰在一起有意見，怎麼不去找蘇雨菡麻煩？」

女孩們面面相覷，張著嘴說不出話。

顏允茖趁勝追擊，「不如我去跟蘇雨菡或是北野晴海，還是紀青岑說？」

「呵，妳和他們的關係好到連朋友的男朋友都要搶。」左丹芬站起來，指著她的臉，「還是說他們從3P變成和妳4P了？」

這句話說得太過分，其他女生不敢再接話，而左丹芬也立刻摀住嘴，顏允菡則是臉色一沉。

「我會轉告他們。」

「不要！」左丹芬驚叫，惹火北野晴海可不是開玩笑的，他才不管對方是男是女，該給教訓就不會手軟。

顏允菡也明白這點，所以即便氣憤，她也不至於做到這種程度，只是想嚇嚇左丹芬罷了。

「夠了，我錯了，我當初就不該相信妳們。」庾岷拿起外套，拉住顏允菡的手腕，「我們走吧。」

「庾岷！」左丹芬一臉不甘心。

顏允菡也拿起包包，和庾岷一同走出包廂，爲自己直到最後都忍住眼淚而感到自豪。

兩人一路走進公園，庾岷才放開顏允菡的手，滿臉歉意。

「顏允菡，對不起，是我的錯，我強迫妳來，卻讓妳遇到這種事。」他既後悔又懊惱，覺得沒臉見她。

看著這樣的庾岷，顏允菡再度想起高一那時候。

她和左丹芬曾經是很要好的朋友，時常膩在一起，左丹芬最喜歡和她合照，發布在

IG上總是能獲得很高的讚數。

不料到了後來，「想看妳朋友的照片」這種留言越來越多，似乎逐漸令左丹芬感到不是滋味，而每當庚岷跟她說話時，她也會感受到左丹芬緊盯著他們，眼神中帶著嫉妒。

在這種情況下，只需要一個捕風捉影的傳聞，一切就可能失控。

某天，顏允茖因爲生理期不順而去婦產科看診。凡是女性都知道，去婦產科看診可以有很多原因，並不稀奇，然而在有心人眼中，這就是絕佳的造謠機會，過沒幾天，「顏允茖去婦產科墮胎」的謠言便傳開了。

女生們開始說起她的壞話，批評她的打扮，議論她喜歡勾引男人、習慣墮胎、偷偷賣春等等，最後左丹芬甚至謊稱她搶走了自己喜歡的對象。

於是有一天，班上的女生趁著顏允茖拿垃圾去回收場時，把她團團圍住，要她給個交代。而她這段日子以來心力交瘁，早已明白解釋無用，只是不懂爲什麼左丹芬會突然變得如此討厭自己。

「因爲我看到妳就煩。」左丹芬的理由很簡單，恨意卻很深。

「妳們在做什麼？」當時班上唯一站出來替她說話的，正是庚岷。

庚岷是個善良的人，不僅見義勇爲，也樂於照顧別人。

「不要這麼無聊，我們都十六歲了，還以爲自己是國中生嗎？」庚岷語氣認眞，目光環顧在場的每一個女生，讓她們都尷尬地移開視線。

顏允菬看得出來左丹芬非常生氣，但不敢多說什麼，就怕被庾岷討厭。

經過這次，班上的女生不再找她麻煩，庾岷也沒有刻意再與她有所交集。她變得獨來獨往，同學們雖當她是空氣，謠言依然在校園裡流竄，那時青海高中的學生或多或少都聽過關於顏允菬的傳聞。

有些人聽過就算了，有些人並不相信，而有些人則深信無風不起浪。然而無論聽者信或不信，這些難聽的謠言終究會一直跟著她。

想著想著，顏允菬陷入了自怨自艾的漩渦，心想自己到底做人有多失敗，過去才會被朋友討厭，現在又被喜歡的人誤會。

她只是穿自己喜歡的衣服，做自己喜歡的打扮，面對任何人時仍舊發自眞心，爲什麼他們還是只看見外表，沒看見她的內心呢？就連黑律言也是如此……

想到這裡，她忽然悲從中來，眼淚掉了下來。

「顏允菬，妳、妳還好嗎？」庾岷手忙腳亂地找出面紙，「對不起，都是我的錯，我不該強迫妳來。」

「你不需要道歉。」顏允菬吸了吸鼻子，「我不是因爲左丹芬哭，和高一時相比，剛剛那些算什麼。」

「那妳怎麼了？」庾岷抬手幫顏允菬擦眼淚。

「你幹麼？」顏允茵嚇了一跳。

「啊，我在家常這樣幫弟弟妹妹擦眼淚，習慣了。」庾岷傻笑，把面紙遞給她，「現在好多了嗎？」

「嗯，我掉眼淚是因爲別的事。」顏允茵對庾岷揚起微笑，「你別再跟我道歉啦。」

「唉，妳也沒吃什麼東西吧？我請妳吃飯當作賠罪好嗎？」

「我的確沒吃什麼，但不用請我。」顏允茵聳肩，「我們各付各的吧，這樣我才答應。」

「好，就這麼決定了。」庾岷笑了。

✦

在黑律言重返職場的第一個週末，皇甫絳約了黑律言和周夜蒼吃飯，說是要替黑律言慶祝。

三人坐在牛排店窗邊的座位，當他們快用餐完畢的時候，黑律言不經意地往窗外瞥去，居然見到庾岷和顏允茵正往附近的旅館走去。

他立刻站起身，皇甫絳被他嚇了一跳，「幹麼？」

「我看見我的學生往旅館走。」黑律言緊緊蹙眉。

「現在的小孩很開放的。」周夜蒼搖頭，「別管他們。」

「是啊，反正是在校外，老師不用負責。就像我只專注在案件本身，委託者的品性如何不關我的事。」

「你倒是挑一下吧。」周夜蒼冷冷說。

「律師本來就是這樣啊！」皇甫絳理直氣壯。

然而黑律言彷彿沒聽見他們說的話，他心跳飛快，情緒氣憤中參雜著苦澀。

他坐了下來，握緊雙拳。他不確定自己滿腔的怒氣是出於什麼原因，覺得被玩弄？被欺騙？被當備胎？還是自己不是唯一？

又或者是嫉妒？

黑律言一愣，立即否定這個想法。

「話說，你之前提過的女生呢？」周夜蒼問。

「沒了。」他簡短回。

「沒了？」皇甫絳大驚，還想多問，但周夜蒼朝他搖頭。

「好吧，反正女人多的是。」皇甫絳用了最爛的方式安慰，惹得周夜蒼翻白眼。

其實，在發現顏允菡跟蹤他後，黑律言不是沒想過要找機會和顏允菡談談。可是在課堂上，顏允菡老是低垂著頭，避免與他對上目光，平常在校園中也能躲就躲，一見到他就馬上轉頭離開。

黑律言認爲這代表顏允菭不想與他相認，即使不明白她爲何還要在放學後跟蹤他，他仍是打消了和顏允菭溝通的念頭。

況且，後來他還在二年九班看見那天和顏允菭糾纏的男生，原來叫做北野晴海。當時北野晴海穿著西裝，又騎著檔車，黑律言才會以爲他是大學生或社會人士，沒想到也是名高中生。

兩個人曾經的短暫交集，就當作是一場夢吧。

星期一，黑律言來到二年十班。這不是他平常負責教學的班級，只是負責這班的國文老師今天請假，於是他來代課。

他一進到教室，班上的女生們發出一陣驚呼，隨即三兩成群竊竊私語。

「各位同學，今天張老師請假，我代替他來上這堂國文。」

「老師！請問你平常教哪個年級、哪個班級？怎麼從來沒看過你？」身爲班上中心人物的左丹芬舉手發問，臉頰還紅撲撲的。

「我是二年四班的代課導師，同時也是國文科的老師。」黑律言微笑。

「二年四班……庾岷和顏允菭的班級呀。」左丹芬喃喃說。

黑律言挑眉，「妳認識我們班的學生？」

「老師，我們以前高一和他們同班喔！」另一個女生回答。

「跟她同班有夠衰。」又一個女生低聲說。

「好了，老師在這邊，妳們不要亂說話。」左丹芬制止大家，要說人壞話怎麼能在老師面前說？

左丹芬向黑律言淺淺一笑，乖乖地坐了下來。

黑律言自然聽到了那些話，但他沒有多問，而是打開課本，向大家詢問教學進度到哪了，便開始接續先前的課程。

下課後，幾個女學生圍在講桌旁輪番提問，黑律言一邊收拾東西，一邊回答問題，見左丹芬和剛才那兩個女生正要從後門走出去，他趕緊喊住她們。

三人以為是要被責罵，忐忑不安地跟著黑律言來到走廊尾端，黑律言停下腳步旋過身，低聲問：「剛才上課前，妳們說的那些話是不是有別的意思？」

「沒有，老師，我們沒有別的意思。」左丹芬極力否認。

向學生打聽消息是不合適的，然而黑律言非常在意她們提到了顏允茵。況且之後他可能就不會再來這個班級代課，他必須把握機會。

「我沒有要責怪妳們，只是我剛來這所學校，對班上同學都還不熟悉，所以想了解一下。」黑律言緩緩地說，「從妳們的語氣聽起來，妳們好像不是很喜歡以前跟庾岷和顏允茵同班？」

她們面面相覷，兩個女生看著左丹芬，把話語權交給她。

「跟庾岷無關，庾岷是個好人。」左丹芬小聲地回。

「那就是顏允菭了？」

三人沒有應聲。

「發生過什麼事嗎？」

「抱歉，那不是能和老師說的事。」左丹芬說完，向黑律言低頭致意。她雖然討厭顏允菭，但沒白痴到跟老師嚼舌根。

兩個女孩也神色有異地跟著左丹芬離開。

黑律言明白，用老師的身分什麼話也套不到，所以他偷偷跟了上去。那三人朝一樓走去，壓根沒注意到黑律言就在後方不遠處。

「嚇死我了，沒想到新老師會問這個。」

「妳們是笨蛋嗎？再怎麼討厭顏允菭，都不能在老師面前講！」左丹芬各打了那兩個女生一下。

「唉唷，我忍不住嘛！禮拜六那天顏允菭還跟庾岷一起走了耶！」

「庾岷人很好，我怕他被顏允菭玩弄。」另一個女生看著左丹芬，「妳不是說以前陪她去墮胎過？」

左丹芬愣了愣，「喔，對啊。」

這是她撒的謊，當時只是開玩笑，沒想到大家當眞了，而她也錯過了澄清的機會，於是乾脆將錯就錯。

「欸，之前還有人看過紀青岑去她家，妳們記得嗎？」

「還有北野晴海！北野晴海騎機車載過她耶，她眞的很厲害，怎麼能勾引這麼多男人？」

「北野晴海和紀青岑的事情，妳們不要隨便拿出來討論，知道吧？」左丹芬警告。

「知道啦，他們兩個都很可怕，不過正是因爲如此，他們跟顏允茵走得這麼近才更顯得很有問題，不是嗎？」

「反正顏允茵就是狐狸精的化身。」

聽到這個結論，黑律言握緊了手上的教科書，把封面捏出了皺摺。

第九章

高一同學會隔天，顏允茵起了個大早，決定去找黑律言說清楚。

雖然他是老師，可是在成爲老師以前，他們是以黑律言和顏允茵的身分相識。

她鼓起勇氣，開啓LINE解除了對黑律言的封鎖，並打了通電話給他，可是黑律言並未接聽。

顏允茵進入LINE的主題商店，選了個免費主題贈送給黑律言，結果發現對方已有此主題。於是她又換了好幾個主題測試，系統依舊顯示對方擁有此主題。

「唉。」她重重嘆了口氣，透過這個測試，她明白自己被封鎖了。

她走到兩人一起去過的公園，試圖找尋黑律言所住的大樓。她知道他住在那棟外牆貼著墨綠色磁磚的大樓，可是不知道是哪一戶，就算請警衛協助通知有訪客，他也不見得會見她。

已經封鎖的女人直接找上門來，聽起來就很可怕。

無計可施的她坐在鞦韆上，看著和黑律言的聊天視窗，打了一段文字。

「我不知道爲什麼你會這樣對我。即便你誤會了什麼，不也該跟我求證嗎？我討厭你。很想討厭你。」

顏允菖掉下眼淚。

「我喜歡你。」她低聲說，發送了那條不會被讀取的訊息。

度過了百感交集的週末，星期一來到學校，顏允菖把左丹芬的事告訴了蘇雨菡，包含那句說他們4P的詆毀，蘇雨菡聽了十分生氣。

「她們怎麼能那樣對妳？走，我們去揍她！」

「不用，當作踩到大便就好。老實說，這樣我就能一直討厭她們，不用因爲她們道歉了，而擔心自己如果不想原諒她們會顯得太小心眼。」

「我懂那種希望壞人就一直是壞人的感覺，要是對方忽然反省了，或是忽然對我們好，反倒讓人不知所措。」蘇雨菡很能理解。

顏允菖點頭，所以左丹芬一點都沒變，某方面來說也是好事。

「那庾崌呢？他把妳拉出來以後說了什麼？」

「喔，他跟我道歉，說要請我吃飯，但我說各付各的就好。我們去了一間很特別的日本料理店，開在旅館的一樓，價格不貴喔。」顏允菖說出餐廳的名字。

蘇雨菡點點頭，「我和晴海、青岑去過。」

「那家餐廳在IG上也很有名。」顏允菖沒把蘇雨菡的話放在心上，「北野晴海週末沒來跟我拿DVD，我今天就自己帶過來了，妳幫我跟他說一下好嗎？」

「我以爲他有去找妳呢。」蘇雨蔚傳了訊息給北野晴海，「OK，他說他晚點會來拿。」

「好。」

這時庚岷正好走進教室，顏允莒對他打了聲招呼，庚岷也揮揮手。接著，顏允莒看見黑律言就站在走廊上，兩人四目相接的瞬間，黑律言馬上往前走。

顏允莒先是低下頭，隨即又握緊拳頭。她都能夠再次面對左丹芬了，那爲什麼不直接找黑律言問清楚？

黑律言很明顯是誤會她了，她不能讓謊言成爲他們對彼此最後的記憶，況且黑律言也說謊了，在這個前提下，或許黑律言會願意和她談談。

再怎麼說，現在的黑律言都是老師。

「我出去一下。」顏允莒說完，立刻跑出教室，黑律言已經走到廊尾的轉角，顏允莒拔腿追了上去，大喊：「老師！」

黑律言沒料到顏允莒會追出來，還在人來人往的走廊上喊他老師，導致他一定得停下。

深吸一口氣，他轉過身，平靜地詢問：「有什麼事嗎？」

顏允莒順了順呼吸才開口：「老師，我有事想跟你說。」

「好。」

顏允菖看了下周圍，「我們可以去比較沒人的地方嗎？」

「不，在這說就好。」黑律言露出笑容，但眼中笑意全無。

「好吧。」顏允菖猜想，應該不會有同學注意他們的談話內容，而且肯定也聽不懂他們在講什麼，「你是老師，一直都是老師？」

「對，本來就是。」黑律言瞇眼，「怎麼了嗎？妳很失望我不是律師助理？」

「什麼意思？」顏允菖皺眉。

「假如我是律師助理，妳更可以用未成年的身分威脅我，宣稱我對妳……然後再藉由和解拿一大筆錢不是嗎？」黑律言保持著老師該有的親切態度，說出來的話卻十分傷人。

「你在說什麼？我怎麼可能……那天我也是代替朋友去聯誼，到了現場才知道要假裝成大學生！」

「這樣的理由太沒創意了。」黑律言看了一下手錶，「我下一堂還有課……」

話還沒說完他就愣住了，他見到顏允菖的眼睛蒙上一層霧氣。

「你不覺得你講話很過分嗎？我到底做了什麼讓你誤會到這種地步？」

黑律言別過頭，不去看顏允菖哭泣的模樣，他忽然有些動搖，可是又想起自己親眼所見的那些事。如果是誤會，他怎麼會三番兩次目睹顏允菖和不同的男人出現在令人有所聯想的地點？

「鱷魚的眼淚對我不管用。」黑律言淡淡說。

雖然顏允菡成績不算太好，但還聽得懂這句話的意思。她迅速擦掉眼淚，告訴自己現在是在學校的走廊上。

「你甚至還封鎖我，連解釋的機會都不給我。」

「妳不是解釋過了？已經夠了。」

「黑律言！」她忍不住大叫。

「顏允菡。」一聲呼喚驀地從後方傳來，讓顏允菡和黑律兩個人都了嚇一跳。

北野晴海手插口袋，表情愉悅地從另一邊走來，顏允菡趕緊端起微笑，而黑律言也看向他，板起了臉，「北野晴海，你今天又爬牆進來？」

「黑老師，你別這麼關注我嘛。」北野晴海嘿嘿笑著，走到顏允菡身旁對她說：「我要跟妳拿東西。」

「嗯，我放在教室，走吧。」

「明天再讓我發現你爬牆，我會稟告主任的。」黑律言警告。

北野晴海聞言只是聳聳肩，顯然不以爲意。

「妳怎麼會用那種語氣喊黑律言的名字？」走遠了以後，北野晴海冷不防問顏允菡，「他惹到妳嗎？」

「你聽錯了。」

「我聽得很清楚。」北野晴海雙手枕在腦後，「不說就算了。」

「你原本不是說週末來拿？」顏允莒轉移話題。

「臨時有事，所以就算了。」北野晴海撇了撇嘴角。

兩人來到了二年四班教室，果不其然又見到紀青岑在裡頭。

「你們怎麼走在一起？」紀青岑問。

「剛在走廊上巧遇。」北野晴海大剌剌地跟著顏允莒回座，顏允莒把裝著DVD的提袋交給他。

「允莒，妳的臉怎麼了？」蘇雨菡發現她的眼線稍稍暈開了。

「她打了個大噴嚏，可能是過敏吧。」北野晴海邊說邊看著顏允莒笑，蘇雨菡好奇地盯著他，北野晴海才又不疾不徐地說：「因爲她會給妳很可笑的理由，所以我先幫她想一個。」

「我覺得這個理由也很可笑啊。」蘇雨菡不以爲然，「允莒，妳的眼線暈開是怎麼回事？」

雖然不情願，顏允莒一時也想不出更好的說詞，只能套用北野晴海的說法，「就是過敏打了個大噴嚏，手不小心抹到眼線。」

北野晴海「哈」了一聲，「顏允莒，妳這個週末有空嗎？」

「怎麼了？」

他揚起微笑，「我有《惡魔勇者兵團》試映會的票，時間在這個週末，妳動畫也追到最新進度了，不如就一起去看？」

所有人都震驚了，北野晴海居然約顏允菭看電影？

「不要，你幹麼約我！」顏允菭一秒回絕。

「是嗎？」北野晴海再次大笑，「走了，青岑。」

紀青岑多看了顏允菭一眼，又碰了一下蘇雨菡的臉頰，才跟著北野晴海離開，上課鐘聲隨之響起。

「雨菡，我不會和他去看電影。」顏允菭向蘇雨菡說。

蘇雨菡笑出聲音，「允菭，妳把我當成那種會因爲小事就吃醋或生氣的女人嗎？」

「我只是怕……」

「不用怕。」蘇雨菡握住顏允菭的手，誠心誠意地說：「沒有人可以破壞我們三個之間的關係。」

蘇雨菡擁有這樣的自信，她這番發言也並非宣示主權。她對顏允菭沒有任何敵意，就只是在闡述一件事實。

然而除了顏允菭明白這點，其他人看在眼裡都有各自的解讀。

也因爲這個邀約，顏允菭才發覺原來已經快到電影上映的日子了，當初黑律言還靦腆地邀請她一同看電影，如今卻對她如此冷酷。

她拿出手機，剛才她的話還沒說完就被打斷，遑論開口解釋。

雖然知道黑律言封鎖了自己，她還是又傳了訊息過去。

「我討厭你。」

「因爲你不聽我說話。」

「因爲你態度很差勁。」

「你憑什麼這樣對我？」

她一連傳了好幾則，仗著自己被封鎖，她決定好好罵一罵對方抒發情緒。

「沒水準的人！」

「國文教得很爛！」

「態度差沒人緣！」

「到時候我要叫大家罷課！」

她開始人身攻擊，雖然沒品，不過心情確實舒爽多了。

「我們之前明明感覺不錯，難道那只是我的錯覺嗎？」

「我自作多情是不是！」

「你明明會對我笑！會關心我！」

「是你說想和我更進一步的不是嗎？」

一吐怨氣後，顏允萏心滿意足地關掉螢幕，專心在課堂上。

手機不斷傳來震動，但黑律言此刻正在教課，他猜想多半又是皇甫絳在鬧，便沒在意。下課後，他一邊走回辦公室一邊拿出手機，這才發現竟是顏允莒傳來一大串訊息。

原本他確實封鎖了她，只是稍早和顏允莒話還沒說完，北野晴海就出現了，這讓黑律言感覺像有什麼東西堵在胸口般難受。

從剛才的談話裡，顏允莒知道她被他封鎖，她爲什麼會知道？難道她曾經傳訊息給他？她傳了些什麼？

說不清自己是怎麼想的，他解開了對顏允莒的封鎖，之後便去上課，想不到眞的收到她一連串的訊息。

訊息太多，他還來不及仔細看，就被路上的學生叫住詢問問題。

等到他再次拿出手機時，那一整排訊息已經全數被收回，只剩下一句話。

「十二點半，我在後花園等你。」

發現顏允莒的確傳了訊息給自己，黑律言不禁有點高興，然而又想起顏允莒的眼淚。

他討厭女人的眼淚攻勢，當初朱盈掉了多少眼淚？但她的話沒有一句是眞的。

可是，黑律言就是無法不去在意顏允莒。

「黑老師，我們要去外面吃午餐，你要不要一起去？」邱淨對著剛回到辦公室的黑律言喊道，幾個老師已經在辦公室門口集合。

黑律言想了一下，「好，一起吧。」

✦

顏允莒傻眼了，當她看到自己傳給黑律言的訊息已被讀取時，她心跳都要停了。

她顫抖著手指迅速把訊息一條條收回，同時心慌意亂地想著，黑律言每一條訊息全看過了嗎？

不，黑律言這一堂有課，而現在剛下課，他一定才剛點開而已。好在她一下課就點開與黑律言聊天室，才能發現訊息被已讀，只要趕緊收回應該不會有問題。

拜託神明保佑啊！

只是她轉念一想，反正黑律言都看見她傳訊息過去，不如趁機把話說開，所以便約他中午在後花園見面。

這一次黑律言沒有馬上讀取，顏允莒等了一會，直到快上課時才見到訊息下方出現已讀字樣，但對方沒有回應。

時間就這樣來到中午，整頓午餐顏允莒都吃得心不在焉。都已讀了，卻沒有回覆，他會來嗎？

或許他不會來，不過既然他收到訊息了，那就是他的選擇了。

「我只要把我想說的話說完，冷靜地解釋清楚就好，這是我最後一次這麼卑微。」

顏允菡喃喃低語，在後花園來回踱步。

她從來不去澄清謠言，會誤會她的人，她認爲也沒必要深交。況且面對已經相信謠言的人，再怎麼解釋都像在找藉口。

可是黑律言不一樣，他們原本有機會更進一步發展，她對他的好感至今仍舊存在，如果關係一直停滯在這裡，那也許就永遠不會有後續了。

她看了一下手機，現在是十二點四十分，黑律言是不是不會來了？

與此同時，北野晴海傳了訊息過來。

「午休溜出來？」

顏允菡一愣，趕緊東張西望。

「別找了。」北野晴海回應完還傳了張大笑的貼圖，顏允菡抬頭朝樓上望去，還是沒找到北野晴海。

「禮拜六跟我去看《惡魔勇者兵團》，我認真的。」

「你怎麼不和雨菡或紀青岑去？」

「他們對那部動畫沒興趣，而且我只有兩張票。」

顏允菡沒有立刻做出回應。

「況且我這麼做，是想要報復他們那天瞞著我自己出去，所以我也要和他們以外的人出去。」

「這樣不會傷害你們彼此的信任？」顏允茴忍不住問他。

「不會，我只是要讓他們體會我的感受。」

顏允茴彷彿能想像出北野晴海此刻的表情，她原先想回「報復心這麼重不好吧」，但最後還是沒把這句話送出。

「我晚一點再回你吧。」

「妳抬頭。」

顏允茴依言抬起頭，發現北野晴海就在樓上，可是她剛才並未看見那裡有人。她以爲這時間不會有學生在附近，幸好黑律言還沒有過來。

北野晴海從口袋裡拿出一個小娃娃，在半空中晃了晃，接著，顏允茴收到訊息。

「接住。」

娃娃從北野晴海手中落下，顏允茴眼明手快地抓住，那是個約莫手掌大小的娃娃鑰匙圈吊飾，而且是《惡魔勇者兵團》的限量周邊，娃娃的模樣一半是惡魔、一半是勇者。

她瞪大眼睛，下意識就想要朝北野晴海大喊，隨即想起現在是午休時間，於是她連忙住嘴，改傳訊息：「你怎麼有這個？這是超級限量的夢幻逸品，只有五百個啊！」

「這是用來賄賂妳的，看在娃娃的面子上，和我去看電影。」北野晴海回應。

「如果我不去的話，這娃娃就得還你？」

「也不用，這已經是妳的了。」北野晴海大方地回，然後對顏允茵揮了下手便走了。

顏允茵將娃娃放在掌心把玩，她興奮無比，很想和黑律言分享這件珍貴的周邊，不過午休時間就快要結束了，黑律言大概不會來了。

好心情瞬間蕩然無存，她嘆了口氣，準備轉身離開，卻瞥見黑律言佇立在一樓走廊。

其實黑律言是準時到的，在答應和邱淨他們出去吃午餐後，他又改變心意，選擇外帶回辦公室，並告訴其他老師，自己有考卷要改。

匆匆吃完後，他便來到了後花園，而顏允茵已經在那裡等他。

後花園並不是個熱鬧的地方，學生們更傾向聚集在新建成的涼亭花園，但黑律言還是小心地環顧四周。和女學生約在人煙稀少之處見面，本身就引人遐想。

很快他發現，北野晴海站在樓上的走廊邊，往下看著顏允茵。

黑律言退到建築的死角處，讓北野晴海看不見他。北野晴海觀察了顏允茵十多分鐘才拿出手機，而顏允茵也跟著拿起手機，還抬頭看了他好幾眼，兩人看起來應該是在互傳訊息。

不久，北野晴海轉身離開，黑律言等了一會，確定北野晴海真的走了，而顏允茵也收起了手機，他才準備現身，結果顏允茵先一步回過身來。

「黑律言……」

「叫我老師。」黑律言上前一步，還是站在建築物的陰影處。

「老師。」顏允茵刻意把這兩個字咬得清楚，握緊手中的娃娃，「你願意聽我說話了嗎？」

黑律言看了一眼手錶，再十分鐘就打鐘了。

「妳只有五分鐘。」

雖然黑律言的態度很讓人火大，顏允茵仍盡力維持冷靜，她決定好好地把話說清楚。如果他在乎她，他會聽進去的。

顏允茵把自己爲什麼去聯誼，以及和蘇雨菡交換了什麼條件，還有到了聯誼地點才得知要僞裝成K大學生這些事都說了，並告訴黑律言，不信可以去問潘呈娜。

然而黑律言也是代替皇甫絳去的，現場那些律師助理大多是皇甫絳的朋友，黑律言與他們只是點頭之交，更不可能認識潘呈娜。

「我確實不該騙你我是大學生，不過除此之外，其他的一切都是眞的，你看見的我就是眞正的我，在你面前，我一直是最眞實的樣子。」

「我看見的妳都是眞正的妳？原來如此。」黑律言不無嘲諷地說，他話裡指的是顏允茵和庾岷、北野晴海之間的事。

顏允茵卻以爲黑律言聽懂了，非常高興地點頭，覺得既然雙方解開誤會，那麼兩人之間的關係應該能恢復從前了。

她害羞地試探著問：「那……那我們這禮拜，還、還要一起去看電影嗎？」

「妳居然還敢說這種話。」

「咦？」顏允茵頓了下，「我們不是解開誤會了嗎？」

黑律言往後退了一步，「妳和北野晴海去婦產科診所，還有之後他找妳興師問罪，以及妳和庾岷去旅館，這些都是我看見的妳，我完全沒有誤會妳。」

黑律言並不是蠢蛋，即便從左丹芬那群人口中聽說了顏允茵的過去，他也沒有眞正相信，他相信的是自己所見的一切，那些謠言只是催化了他的憤怒。

「什麼？我去婦產科診所是去探望彭老師！北野晴海來找我是要問朋友的事！然後旅館……我跟庾岷是去那裡吃飯！」她不能將蘇雨菡和北野晴海、紀青岑複雜的三角關係全盤托出，針對那個部分只能簡單一句帶過。

而黑律言腦子裡顯然上演了許多的小劇場，他冷冷開口：「北野晴海問妳身體還好嗎，有這麼湊巧的事？況且如果妳是去看彭老師，北野晴海跟妳並不同班，爲什麼會出現？另外，去旅館吃飯是我聽過最可笑的理由，怎麼不說是去上廁所或頭暈去休息？」

看著黑律言充滿不信任的眼神，顏允茵感覺自己宛如站在冷冽的大雨之中，渾身冰涼。她明白，黑律言已經認定了一件事——她是個愛玩的女人，周旋在多名男人之間。

就和她的高一同學一樣，沒有經過查證、沒有詢問過她本人、更不聽她解釋，就對這個荒唐的「事實」深信不疑。

「我以為你不一樣。」顏允茖挺直背脊，直勾勾地注視著他，「你見到了眞實的我，卻依舊堅持己見，認定我就是你以為的那樣，連我的解釋也不聽。既然如此，我說再多又有什麼意義？」

黑律言一怔。

顏允茖咬著唇，忽地大喊：「你這個王八蛋！」

黑律言傻了，「妳、妳說什麼？」

「我說你是王八蛋！大王八蛋！」顏允茖氣呼呼地把手裡的娃娃吊飾舉到他面前，「我有這個！」

「妳！」黑律言瞪大眼睛，看著眼前的稀有周邊，他不敢置信地問：「為什麼妳有？妳這麼晚入坑，怎麼可能得到這東西？」

黑律言雖然看見了北野晴海，但因為角度的關係，他沒看見北野晴海將娃娃丟給了顏允茖。

見黑律言反應這麼大，顏允茖心裡很痛快，她冷哼一聲，「你是王八蛋才沒有！」

「不要再叫我王八蛋。」

「你就是王八蛋！你誤會我，不聽我解釋，自以為是！」顏允菭搖晃著那個娃娃，

「我原本想要給你的，這下子你沒有了！這是我的！」

「我、我上網買就好，誰稀罕妳的！」黑律言幼稚地回嘴，但事實上，這個娃娃在網拍上的價格已經飆到三萬，黑律言始終買不下手。

「好啊！你就上網買，從今天開始，我要把這個娃娃掛在我的書包上，讓你每天都看見！」

「書包禁止掛吊飾，我會沒收！」黑律言威脅。

「沒收我就告你！」顏允菭不甘示弱，也回以威脅。

兩人像小孩子一樣互瞪，對彼此重重哼了一聲，各自往反方向走開。

顏允菭稍微遲了一點才回到教室，見她臉色難看，蘇雨菡關心了幾句，而顏允菭推說自己只是從外面回來太熱，接著提起北野晴海的電影邀約。

「我很想看那部電影，但不搶先看試映也沒關係，只要妳不想，我就不和北野晴海一起去看。」

蘇雨菡轉轉眼珠子，「晴海約妳第二次了對吧？」

「嗯。」

「既然晴海都這麼說了，妳就去吧。」蘇雨菡微笑，「我沒有不高興，只是一部電影而已。我說了，誰都沒辦法插足我們三個人之間。」

雖然顏允莒不能理解那樣的三人世界，不過她不想在和黑律言約好的那天獨自在家，也不希望往後看《惡魔勇者兵團》時，都會想到黑律言。雖然她是因爲他才接觸的，可是後來她也喜歡上這部作品了。

於是，她回覆北野晴海：「我們一起去看《惡魔勇者兵團》的電影吧，謝謝你邀請我。」

北野晴海很快回覆了一張OK的貼圖，並和她約好了時間和地點。

「謝謝妳，雨菡。」她輕聲說。

蘇雨菡只是拍拍她的肩膀，露出微笑。

✦

黑律言還是打算去看《惡魔勇者兵團》試映，他坐在辦公室裡，感到十分扼腕。雖然和顏允莒鬧翻了，可是顏允莒有一點絕對是眞實的，就是她也喜歡《惡魔勇者兵團》。

他是不是該撇除男女私情，把她當作同好就行了？畢竟他是個成年人，在面對人際關係時，理應要成熟些。

而且能和同樣喜歡《惡魔勇者兵團》的人一起看電影版，可是雙倍享受啊！

儘管這部作品很紅，他身邊卻沒有什麼朋友喜歡，因此黑律言考慮自己去看，另一張票就讓給別人。

想歸想，他還是傳了訊息給周夜蒼，問對方要不要一起看，結果理所當然被拒絕了。

「那我問皇甫絳。」他也就只有這兩個朋友。

「算了，我跟你去吧。」孰料周夜蒼馬上改口，「那天晚上要吃阿碩的喜酒，你記得吧？」

「我知道，就穿西裝去看電影吧，看完直接去喜宴會場。」阿碩是他們的大學同學，他正好選在《惡魔勇者兵團》試映那天宴客。

「穿西裝看卡通……」

黑律言不理會周夜蒼的無語，直接傳了時間和地點過去，接著收拾好東西準備前往二年七班上課。

當他踏入教室，班長紀青岑隨即喊了起立，黑律言擺擺手，「我的課不需要這樣。」

紀青岑微笑著說：「面對老師，這麼做是必須的。」

黑律言對面帶笑意又文質彬彬的紀青岑印象很好，但他總覺得紀青岑看自己的眼神不甚友善。

而紀青岑也是左丹芬口中和顏允茖過分親密的男生之一。

紀青岑非常聰明，無論任何考試或提問，他都能輕鬆應對，同時他也是青海高中近十年來最優秀的一位學生。那天黑律言和邱淨等幾位老師共同外出吃午餐時，一聊到紀青岑，所有老師都讚譽有加。

「不過呀……」邱淨若有所思，「年輕人的交友方式有時候我實在不太理解呢。」

當時黑律言還不理解其意，現在想想，難道是指紀青岑和顏允茖也牽扯不清？

下課的時候，紀青岑主動來到講桌旁邊詢問：「聽說黑老師除了國文，也能教導數學？」

「是啊，不過在青海我只負責教國文。」

「那我有個數學問題想請教老師，可以嗎？」紀青岑嘴角依舊掛著好看的微笑，他提出一道明顯超過高中程度的數學難題，這讓黑律言頓時恍然大悟。

紀青岑是在測試他，又或者說是刁難他？

「解這道題目對你來說似乎太早了，你大學想念數學系嗎？」黑律言說完，繼續低頭收拾講桌上的教材。

「黑老師不會？」紀青岑明顯在挑釁。

黑律言沒有打算回應，他拿好東西便離開教室，留下紀青岑站在原地，臉色逐漸變得陰沉。

爲什麼紀青岑要找自己麻煩？黑律言左思右想，最後想到的唯一解答還是顏允茗。即便他沒有完全相信左丹芬等人所言，仍不免受到了影響。

當他回到辦公室時，發現紀青岑從外頭走廊經過，往二年四班的方向而去。他立刻出了辦公室，只見紀青岑泰然自若地走進二年四班教室。

原來紀青岑會在下課時跑去找顏允茗？

黑律言按捺不住好奇，隨便從桌上拿了作業本，朝二年四班走去，經過時往教室裡看進去。

班上同學對於紀青岑的到來沒什麼反應，而紀青岑正在和顏允茗說話，只消一眼，就能明白這樣的場景是常態。

黑律言握緊了拳頭，感覺一股熱氣充斥在胸口，化爲酸澀與痛楚。這是種什麼情緒？

「雨菡去洗手間了。」顏允茗沒好氣地對紀青岑說，「她怕你來了找不到她會擔心，叫我留在這裡等你。」

「喔。」

「喔？你不會道謝嗎？」心情惡劣的顏允茗毫不客氣。

「晴海是不是約妳看電影？」

顏允茗瞪大眼睛，「你怎麼知道？」

「我們三個人之間沒有祕密。」

「是嗎？」顏允茗挑眉。明明就是因爲紀青岑和蘇雨菡單獨出去，北野晴海才會突然約她看電影。

「我知道妳想說什麼，但不是妳想的那樣。」紀青岑聳肩。

「我想的哪樣？」

「我和雨菡背叛晴海。」

「我沒有那樣想。」顏允茗皺眉，「只是他會約我看電影，除了因爲你們都不喜歡《惡魔勇者兵團》，就是爲了你們上次那件事。」

「我明白，所以我和雨菡無話可說。」紀青岑看了一下外面，確認蘇雨菡還沒回來後，他稍微靠近顏允茗，在她耳邊低聲說：「對於我們三個人，妳是怎麼想的？」

顏允茗沒料到紀青岑會問自己這個問題；而見到紀青岑忽然靠近顏允茗，站在走廊上的黑律言一怒之下便快步離去。

「我不會管你們怎麼樣，你們就是你們，而雨菡是我的好朋友。」她認眞地回答。

紀青岑聞言往後退開一步，瞇起眼睛，「難怪雨菡喜歡妳，好吧，我暫時認可妳。」

「我是雨菡的朋友，不需要你的認可。」顏允茗聳肩。

「青岑，我覺得早上那個麵包一定壞掉了。」蘇雨菡從外面回來，一手揉著肚子。

「要我去保健室幫妳拿藥嗎？」紀青岑溫柔地問。

「沒關係，不用了。對了，允茵，晴海說他那天會騎機車去接妳。」

「咦？」顏允茵以為是她沒看訊息，但開啓LINE後卻發現北野晴海什麼也沒說，「他本來跟我說直接在電影院前碰面耶。」

「我剛才遇到他，他要我轉告妳。」蘇雨菡皺著眉頭彎下腰，「不行，我的肚子又開始痛了。」

「還是去拿藥吧。」紀青岑說完，就和蘇雨菡一同離開教室。

顏允茵傳了訊息給北野晴海，詢問是怎麼回事，結果對方不正經地回應：「復仇呀！」

隨後他還傳了張眨眼的俏皮貼圖。

顏允茵實在搞不清楚北野晴海到底是認真想讓另外兩人吃醋，或者只是鬧鬧玩笑，不過她也懶得多想了。

✦

和北野晴海約好一起看電影後，顏允茵便沒再和他聯繫過，不過倒是把珍貴的娃娃吊飾掛在鉛筆盒上，每次上國文課時，顏允茵就會故意把鉛筆盒擺在桌上，讓黑律言看得心癢癢。

班上不少人也有看《惡魔勇者兵團》，也都注意到了這個限量周邊，自然吸引不少人覬覦。不過紀青岑某次隨口說了句：「這是晴海送妳的吧？」，於是再也沒有人敢對這娃娃有非分之想。

北野晴海送出去的東西，某種程度而言也還是算北野晴海的東西，若不見或是壞了，難保不會被北野晴海找麻煩，更何況是這麼稀有的物品。

只是既然這麼稀有，爲什麼要送給顏允菪而不是蘇雨菡？

這個疑問又在女生們的圈子裡廣爲流傳，導致有天二年四班和別班一同上體育課時，顏允菪莫名其妙一直被別班女同學拿球砸。

「妳們幾個有什麼問題嗎？」意識到不對勁，蘇雨菡笑著問那群女生，而對方因爲人多勢眾，一個個都不懷好意地竊笑，並不懼怕蘇雨菡。

「沒什麼啊，我們球技不好。」一個女生睜眼說瞎話。

「是嗎？我記得妳和晴海同個社團對吧？然後妳和青岑是同個補習班？」蘇雨菡隨意指了兩個女孩，那兩個女孩瞬間表情一僵。

「要我把你們球技不好的事情告訴他們嗎？」蘇雨菡抬起下巴，那群女孩頓時變了臉色。

「不過就是仗著有紀青岑和北野晴海保護！妳有什麼厲害的？」一個女同學不甘示

弱回擊，卻很快被其他女生制止。

「不要跟她吵，會惹麻煩。」

「我還有人靠呢，妳們呢？」蘇雨菡雙手叉腰，氣勢絲毫不減。

「算了，別吵了。」那群女孩悻悻然離開。

顏允莒忍不住拍手，語帶佩服：「妳真的很厲害。」

「是他們厲害。」蘇雨菡捏了捏她的臉頰，「妳也別老是傻傻被欺負啊。」

「我不是會被欺負的類型啦，只是懶得吵。」顏允莒聳聳肩。

「值日生，有幾顆排球沒氣了，再去器材室拿幾顆過來。」體育老師吹了下哨子，顏允莒舉起手應聲。

「我陪妳去吧。」蘇雨菡說。

但一見到蘇雨菡要跟著離開球場，體育老師立刻喊：「蘇雨菡！妳排球還沒補考對吧？過來！」

「唉唷，被抓包了。」蘇雨菡嘟起嘴。

「我自己去就可以了。」顏允莒拍拍她的手，逕自往器材室走去。

她開了器材室的燈，並在簿子寫上班級姓名和借用的物品，將五顆球放進籃子裡提著。當她轉過頭關燈，準備離開時，手上的籃子突然被人拍掉，差點砸到她的腳。

只見剛才在球場上找她碴的幾個女同學盛氣淩人地瞪著她，帶頭的是和北野晴海同社團的那個女生。

「有蘇雨菡罩很爽是吧？」

「妳在說什麼？」顏允菡皺眉，她彎腰想撿起散落一地的球，那些女生卻把球踢得更遠。

「妳們在幹麼？」顏允菡嚴肅地看著她們。

「我警告妳，離北野晴海遠一點。」

「還有紀青岑。」另一個女生也開口。

「妳們怎麼不去警告蘇雨菡？」顏允菡冷笑。柿子挑軟的吃嗎？

「她不一樣，除了她，其他女生都不行。」

「哇，所以她還被妳們認同了？我一定要告訴她這個好消息。」

「妳別太囂張！妳以爲北野晴海和紀青岑也會罩著妳嗎？」

那群女生動手推顏允菡，顏允菡正想還手，一陣急促的腳步聲傳來。

「妳們在做什麼？」黑律言沉聲質問，他顯然是跑過來的，還有些氣喘吁吁。

「老師！」那群女生全都嚇到了，還有人趕緊彎腰撿起球丟回籃子裡。

「她的球掉了，我們在幫她撿。」其中一人睜眼說瞎話，顏允菡在一旁翻白眼，但也沒打算戳破。

一般來說，無論是老師還是學生，在這種狀況下通常都會選擇算了，小事化無。

「幫她撿球？」然而黑律言沉下臉，「當我瞎了嗎？」

此話一出，所有人都愣住了，包含顏允菖。

她驚訝地看著黑律言，那表情一點都不像是老師該有的，那樣的話也不是老師該說的。

「老、老師？」

「當我白痴？妳們這是在幫她撿球？妳們哪個班級的？」黑律言上前，氣勢洶洶，與其說是以老師的身分保護學生，更像一個男人在保護女人。

「我們眞的只……」那群女生原本還想說謊，但一見到黑律言恐怖的表情便閉上了嘴巴。

「對、對不起……」有個人先道歉了，帶頭的女生轉過去瞪她。

「她們眞的只是幫我撿球。」顏允菖開口，其他人全都不可思議地看著她，「謝謝妳們。」

帶頭的女生臉色極其難看，彷彿被狠狠羞辱了一般。

黑律言忍住怒氣，呵叱道：「快回去上課。」

那群女生紛紛逃也似的離開，顏允菖則彎腰撿球，黑律言也是。

「你不是討厭我？」她率先開口。

「我是老師。」

「你剛剛的行為一點都不像老師。」

「……妳就是因為招惹太多男生才會被女生找麻煩，不是嗎？」

嚴格說起來，這一次黑律言還真的說對了。

「那你幹麼幫我？」顏允菡提起籃子，定定注視著黑律言。

而他躲開她的目光，「因為我是老師。」

這個理由冠冕堂皇，但兩人誰也不信。

說完，黑律言轉頭離開器材室。

其實他不明白自己為什麼會挺身而出，他只是在走廊的洗手臺洗手時，隨意朝一樓張望，就正好看見顏允菡被一群女生圍住。一開始他以為她們在聊天，後來卻發現那些女生開始動手。

他幾乎沒有猶豫，立刻往樓下跑，滿心只想著如果顏允菡被打了怎麼辦？受傷了怎麼辦？這份擔憂在內心逐漸發酵，在跑過去的這短短幾秒鐘裡，他已經預想了各種可能，就怕自己來不及保護她。

他討厭顏允菡，正是因為喜歡，所以才會討厭。

然而他被背叛了，不是更應該要憎恨她嗎？為什麼還會擔心她的安危？

因為他是老師，對，他是老師，顏允菡是學生，他是用老師的身分出面。

即便他握緊的拳頭、說出的話，以及對待那群女同學的態度，都不是老師該有的表現。

「你還喜歡我嗎？」

顏允茵傳了這樣的訊息來，黑律言看見了，卻沒點開。

過了一會，顏允茵收回了。

假裝這個提問不曾存在。

✦

週末到來，顏允茵穿著印花T恤和牛仔長褲在家中樓下等待，北野晴海準時騎著機車抵達，這時顏允茵忽然想到一件事。

「你沒駕照吧？」

「我又還沒十八歲。」北野晴海嬉皮笑臉。

一直以來他騎機車的模樣太過自然，讓顏允茵壓根忘了他們根本還不到可以騎機車的年紀。

「我們搭捷運吧。」她提議。

北野晴海聽了之後放聲大笑，「放心，不會有事的。」

顏允茵不知道他哪來的自信，但最後還是上了他的車。

她握住機車後座兩旁的把手，盡量不讓身體碰觸到北野晴海，也沒忘了傳訊息知會蘇雨菡，她已經和北野晴海碰面了。

「我知道，晴海出門前有跟我說。就放鬆看場電影吧，我真的沒有生氣。」蘇雨菡不到一分鐘就回覆。

好吧，既然如此，那就放鬆心態吧。

「走吧。」顏允萏笑著說。

第十章

《惡魔勇者兵團》的試映會只有一場，所以當顏允莒和北野晴海進到影廳時，黑律言很快就發現他們了。

當下他正和周夜蒼坐在角落的椅子上喝飲料，他沒想到會在這裡遇到顏允莒，更沒想到她會和北野晴海一起出現。黑律言並沒有教到北野晴海的班級，但因爲知道北野晴海和顏允莒關係匪淺，所以他曾特意找過北野晴海麻煩。

「你說你現在在青海高中任教？」周夜蒼一邊喝可樂一邊滑手機，沒注意到黑律言的表情。

「對。」

「這部電影的代理商也是青海集團。」周夜蒼說，黑律言聽了一愣。「怎麼？你不知道青海高中也屬於青海集團嗎？」

「沒聯想到，原來財團的事業版圖還擴展到教育界了。」

「不意外啊，青海集團有什麼是沒涉獵的？」周夜蒼聳聳肩，這下子才注意到黑律言一直盯著後方看。他跟著轉頭，卻只見到大量的人潮聚集，壓根不曉得黑律言在看什麼。

「怎麼了？」

「你看那邊都穿黑色上衣的一男一女，你覺得他們幾歲？」

周夜蒼抬眼望去，迅速找到目標，「男方很高的那對？二十以下吧。」

「果然看得出來嗎……」黑律言喃喃低語。

今天顏允茗並沒有化濃妝，和北野晴海站在一起就像一對同齡的情侶。黑律言就不懂自己之前怎麼會看不出顏允茗只有十七歲，而為什麼即使得知了她的欺騙，看見她和其他男生在一起，他還是無法移開注視著她的目光？

北野晴海出現在她身邊的機率也太高了吧。

「你認識他們？」

黑律言猶豫了一下，「女生是我之前代替皇甫絳去聯誼時認識的。」

「就是那個K大的？」周夜蒼興致勃勃地又回頭看去，「不去打招呼嗎？」

「沒看到人家跟男朋友一起嗎？」

「那不是男朋友啦！」周夜蒼忍不住笑了，「應該是不太熟的朋友。」

「你會和不太熟的人一起看電影？」黑律言挑眉。

「難說啊。」周夜蒼聳聳肩，「你都幾歲了，還認為電影只能跟曖昧對象一起看？有時候就是會有不得不一起看的情況啊，或者是實在找不到別人了。」

「我沒那樣認為，只是那個男的總是出現在她身邊。」

「如果是同系的同學，那也很正常啊，我們大學時不也這樣？常常會莫名和沒多熟的女生湊在一起玩。」周夜蒼說著搖了搖頭，彷彿覺得那是段黑歷史。

問題是北野晴海和顏允茵還只是高中生，而且根本不同班。黑律言沒說出這句話，他靜靜地望著他們兩個，顏允茵說話的模樣顯得小心翼翼，但言談間不經意露出的笑容，仍舊讓黑律言看了十分不爽。

周夜蒼拍拍黑律言的肩膀，「有在意的人是好事，會吃醋、嫉妒就更好了。」

「嫉妒？我？」黑律言失笑。

「不是嗎？你看你的電影票。」周夜蒼眯眼。

黑律言低頭，發現自己居然把手裡的電影票捏成了一團，他鬆開手掌，看著那張爛掉的票。他這是在嫉妒？

「我是在生氣。」

「生氣也是嫉妒的表現。」

「她騙了我一些事。」

「她眞的騙了你嗎？」周夜蒼歪頭，「你有時候會在一些小地方特別糾結，糾結到略顯偏執的程度，這點你自己也知道吧？」

「我沒……」

「雖然也正是因爲這樣的個性，當時你才能在法律系如魚得水。」周夜蒼並不是要黑律言否定自己的性格，每一種人格特質都有好壞兩面。「既然你會感到嫉妒，代表你很在乎她，那怎麼不嘗試接受她？她說的謊有那麼難以接受嗎？」

「不需要。」黑律言沒打算繼續這個話題。

但是他胸口不斷發熱，不清楚是因爲周夜蒼的話，還是顏允茗的笑。

這下子他不得不承認了。

他是嫉妒，他會這麼生氣，之前會那麼擔心，都是因爲他喜歡顏允茗。

笑死人了。

顏允茗沒發現在角落的黑律言，她一面吃著爆米花，一面問北野晴海：「之前一直忘記問，你怎麼會有試映會的票？」

「我家就是有啊。」北野晴海答得敷衍，「換我問妳，妳是怎麼看待我、青岑和雨菡的關係？」

「紀青岑也問過類似的問題。」顏允茗忍不住一笑，「你們還會在意別人怎麼看？」

「不在意，可是妳是雨菡這麼多年來難得的朋友，我在意雨菡會不會受傷。」儘管北野晴海面帶笑容，不過顏允茗明白，如果她做出任何傷害蘇雨菡的行爲，眼前這個人不會輕易饒過自己。

「既然你們和雨菡從以前就形影不離，那雨菡理應沒少受過其他女生排擠，但她幾乎沒遇過這樣的情況，是因爲你們吧？」其實顏允茵不用問也知道答案。

北野晴海只是勾起嘴角，笑而不答。

「有時我會覺得奇怪，畢竟你們的狀況有點違背普遍的道德觀念。不過……雨菡是我的朋友，你和紀青岑都能爲她著想，都能保持理性不傷害她，而她也感到幸福的話，那你們之間的關係就不關我的事。」

聽了這番話，北野晴海臉上的表情有了改變，笑容第一次變得眞誠，「雨菡眼光很好，能和妳成爲朋友。」

「主要是因爲……雨菡認眞說過好幾次，你們兩個她都喜歡。」顏允茵很難理解這種三人行的關係，他們眞的能維持絕對的平衡嗎？

但這是他們該自行去面對和煩惱的事。

「應該說，無論你和紀青岑未來怎樣，我會一直是雨菡的好朋友。」顏允茵說得肯定。她是跟蘇雨菡當朋友，又何必去管北野晴海和紀青岑如何？

北野晴海略顯訝異，接著大笑起來，笑到身子都在顫抖。他上半身趴在沿著牆邊放置的桌子上，由於外型帥氣而早就引來注目的他，此刻更是受到大家的注意。

「你怎麼了？」顏允茵偷看四周，覺得有點不好意思。

「我原先是想試探看看，如果妳說出的話有任何一絲讓我感覺可能傷害雨菡，爲了杜絕後患，我會讓妳再也無法見到雨菡。」他帶著笑容說出的話十分恐怖。

顏允萏微微一笑，「現在你知道我的想法了，不過你要怎麼讓我見不到雨菡？」

「黑律言。」北野晴海不疾不徐地說。

顏允萏嘴邊的笑意消失了，心中升起警戒。

「稍微觀察一下就能發現，妳和黑律言有一腿吧。」

「怎麼可能？他是老師。」顏允萏反駁，幸好還有這個好用的理由。

「他幫妳解決麻煩的時候，那樣的表現還眞不像老師。」

顏允萏瞪大眼睛，「你有什麼事是不知道的嗎？」

「看我要不要去查而已。」北野晴海聳肩，「所以你們在交往？」

「沒有，我們不是那種關係。」

「但是妳喜歡他吧？」

「這……這不重要，他對我有很多誤會，我們已經沒有任何瓜葛了。」顏允萏咬著下唇。

「妳並不是雨菡第一個試圖結交的朋友，不過最後那些朋友都離開了，妳能猜到是爲什麼嗎？」

怎麼忽然換了話題？顏允萏不禁疑惑，她老實地搖頭。

「因爲那些人和雨菡成爲朋友的目的，都是爲了接近我或青岑。」北野晴海冷笑一聲，「唯獨妳不太一樣，我和青岑花了很多時間觀察妳，確定妳不會喜歡上我們之後，才算是認同妳。」

「你們……是不是自大了點？」

「哈哈，是嗎？爲了雨菡，我們什麼都會做。」北野晴海俯身，無比鄭重地注視著顏允菖，「如果有一天雨菡誤會我了、討厭我了、想離開我了，我一定會不擇手段把她留在身邊。看是要我下跪哭著求她，還是把她監禁起來，即便她討厭我、想利用我也行，只要她能在我伸手可及之處就好，我不會讓她離開我和青岑身邊。」

顏允菖打了一個冷顫。北野晴海是認眞的，能夠擁有這麼炙熱又濃烈的愛，蘇雨菡是幸福的吧？只是……

「有點像恐怖情人。」她忍不住說。

「差多了，我不會傷害她，只是我沒辦法接受她離開我。」

廣播傳來電影開始入場的通知，北野晴海拿出兩張票，繼續說道：「但如果她眞的決定要離開我們，那我們也許會去死喔。」

「不要說這種話。」

「我是認眞的。」北野晴海看向角落，準確地對上了黑律言的眼睛，令黑律言微微一愣。而他勾起笑容，目光又落回顏允菖身上，「所以，妳對黑律言的感情有到這種程度嗎？」

「什麼？」

「像我一樣豁出去，無論自己怎麼樣都無所謂，無論對方愛不愛我都沒關係，只要能在我身邊就好。」

「可是這樣……」

「很卑微？」

「嗯。」

「妳認爲這樣很卑微，是因爲朋友這麼說嗎？還是家人？或是社會大眾都這麼覺得？還是妳自己這麼想？」

「這……」

「對我來說，卑不卑微不重要，最重要的是她在我身邊，只要她在，我什麼都願意做。」北野晴海的態度如此堅定，毫不在乎世俗眼光，令顏允茵相當羨慕。

「但是我……」

「當然，我不是要妳非得這麼做，如果感覺委屈就別了，那只證明黑律言對妳來說沒那麼重要。」北野晴海刻意擋住顏允茵的視線，不讓她看見黑律言，「如果不付出努力去維持，人與人之間的關係很容易就斷了。或許有一天，妳會遇到可以讓妳拋開一切顧慮的人。」

顏允茵思索著，自己有一天會遇到那個人，可是不是黑律言，對嗎？

她努力過了，然而黑律言不相信她的解釋。

不過黑律言沒有封鎖她，甚至也去後花園赴約了，所以這是不是代表……還有機會？

「謝謝你，北野晴海。」

「不用謝，這是我的回報。」北野晴海心情很好。

黑律言所在的位置和顏允茵、北野晴海有一段距離，自然聽不到他們在說什麼，他只看見雙方相談甚歡的景象，於是更加不高興了。

看著這樣的黑律言，周夜蒼倒認為這是件好事，他很了解自己這位好友就是太過死心眼，因此他才一直擔心黑律言會無法忘懷朱盈。但這段時間觀察下來，周夜蒼發現黑律言似乎是真的喜歡教師這份工作，假如能再遇上合適的新對象，相信一切都會越來越好。

「如果很在意的話，就去找她吧。」周夜蒼看了看前方的顏允茵和北野晴海，又看了黑律言的表情。

「我沒有在意。」黑律言嘴硬。

「入場以後就沒機會了喔。」周夜蒼繼續慫恿，「你應該不希望以後想起這部電影時，只會想到喜歡的女人和別的男人一起來看吧？」

「你真的……」黑律言氣得牙癢癢的。

前幾天顏允萏還問他要不要照原訂計畫來看電影，結果馬上就找到別人一起看了？而且他們怎麼有票？

當時她一副可憐兮兮的樣子，現在卻和其他男生有說有笑，她究竟把他當成什麼？

「幫我引開那個男生的注意。」黑律言低聲說。

周夜蒼頓時眼睛一亮，「哦？你要幹麼？」

「引開他的注意就好，然後看你要自己看電影，還是直接走人都行。」

「那你會去吃晚上的喜酒嗎？」

黑律言沒有回答。

周夜蒼笑了，「沒問題，無論如何我都會幫你cover。」

說完，他拍拍黑律言的肩膀，逕自走向前方高喊：「先生，請問這是你掉的嗎？」

他手裡拿著一張五百塊鈔票，這還是他自掏腰包的呢。

北野晴海瞄了一眼，「不是。」

「但我剛才看見它從你的口袋裡掉出來，還是說……」周夜蒼開始胡謅，而黑律言已經過去抓住顏允萏的手腕，拉著她往另一個方向跑。

周夜蒼欣慰地目送兩人遠去，如果以前黑律言也有這樣的勇氣，可能就不會和朱盈分開了。不過分開之後，他們也各自有了一片天，或許並不是壞事。

北野晴海回頭，發現顏允萏不見了，接著看到遠方離去的人影，他忍不住輕笑，

「直接跟我說就好了啊，我不會阻止。」

周夜蒼一愣，「什麼？」

「我想快點進去看電影了，你呢？」北野晴海認得眼前的人，是方才和黑律言坐在一起的朋友，兩個人都穿著西裝，在這種場合很顯眼。

「我本來就只是陪他來，對這部電影沒興趣。」周夜蒼聳肩，「所以你和那個女生只是朋友沒錯吧？」

「是啊。」北野晴海覺得這種經驗挺有趣的，他還是第一次被搶走女伴。

「抱歉打擾你看電影了。」周夜蒼把五百塊收回，準備離開。

「等等。」北野晴海卻揪住了鈔票，「你朋友搶走我的女伴，這五百塊就當作眞的是我掉的吧。」

周夜蒼瞪大眼睛，沒想到這個男生這麼狡猾。

「謝啦。」鈔票到手，北野晴海悠哉地進了影廳。

「還好不是拿一千出來。」周夜蒼搖頭，把這筆帳記在了黑律言頭上。

離開電影院前，他隨手把兩張票交給正站在《惡魔勇者兵團》海報前討論的兩個男生，對方又驚又喜，連連道謝，他擺擺手，不以爲意。

他來這一趟是爲了陪黑律言，既然黑律言都走了，他自然不必把時間耗費在不感興趣的電影上。

顏允莒搞不清楚現在是怎麼回事，剛剛有個人過來問北野晴海是不是掉了錢，接著她的手腕忽然被抓住，她轉過頭對上黑律言的眼睛，頓時嚇了一大跳，還來不及反應就被他拉走。

黑律言一路拉著她往電扶梯走去，爲了安全起見，他稍稍鬆開手，回頭瞧了她一眼，顏允莒毫不猶豫地跟上。離開電扶梯後，兩個人慢下腳步，一前一後安靜地走出電影院。

「妳怎麼會在這裡？」站在馬路邊，黑律言終於開口。

雖然出於衝動拉著顏允莒離開了，可到底要做些什麼，他自己也沒有想法。他就只是不想讓顏允莒和北野晴海待在一起，否則就如周夜蒼所說，往後他回憶起這部電影時，只會想到令人生氣的畫面。

希望北野晴海沒看見他，不過就算被看見了，也不能代表什麼。黑律言一手抵著下巴，心想顏允莒今天的穿著明顯和過往都不同。

「我來看電影。」顏允莒小聲回應。北野晴海的話在她的腦中徘徊不去，她能爲黑律言做到什麼程度？她有多喜歡他？

她只是不滿被誤會，並不希望這段感情因誤會而結束。

「這邊不好說話。」黑律言停頓了一下，才說：「去我家談。」

顏允茍愣住。去黑律言家？可以嗎？這樣安全嗎？況且身爲老師，黑律言怎麼會說出這種話？

有沒有哪個地方更適合談話？

公園？咖啡廳？

不行，他們是老師和學生，只要在外面就有可能被同學或其他同校人士看見。

見顏允茍不回話，黑律言便改口：「不然就改天……」

「我去！」顏允茍趕緊說，她感覺黑律言這次或許會願意好好聽她說。

於是黑律言招了輛計程車坐上去，向司機說出自家地址。

雖然是他主動邀約，不過開口後他就後悔了，這麼做確實不妥，可是顏允茍卻答應了。她很常去男人家嗎？人家一開口邀請就去？

黑律言握緊拳頭，他並不喜歡自己這樣不停地猜忌，卻又克制不住。

沒過多久，計程車在大樓前停下，兩人下車後，黑律言逕自往大門走，顏允茍猶豫片刻，最終緩步跟上。

黑律言站在電梯前等她，沒有回頭也沒有發話催促，要是顏允茍走了，那也沒關係，因爲他明白自己這個決定太衝動了。

可是透過電梯門的反射，他見到顏允菬已經站在他身後。

黑律言輕輕勾起嘴角，很快又垂下。

進入電梯後按下十六樓，兩人皆不發一語。顏允菬雙手緊張地交握，做了幾次深呼吸，告訴自己等等一定要把握機會解釋清楚。

這棟大樓有二十層樓，每層三戶，黑律言承租的這戶是皇甫絳以友情價租給他的，他只需支付極為便宜的房租，便能住在這間擁有豪華景觀的住宅。

門一打開，顏允菬便哇了聲，站在門口就可以看見客廳的大片落地窗，城市的風景盡收眼底，最棒的是前方還沒有其他大樓遮擋視線。

黑律言家中的擺設井然有序，所有家具都是原先就附帶的，這裡曾是他們三人大學時期的聚會場所之一，出社會後才由黑律言承租下來。三房兩廳的格局，一間是書房，另外兩間是臥房，空間遠比顏允菬想像中大上許多，她以為是那種一踏入就能一覽全貌的狹小住所。

她脫下鞋子，整齊地擺放在玄關處，接著小心翼翼走入客廳。

「汽水？」黑律言打開冰箱。

「啊，好，謝謝。」顏允菬不安地站著，稍微環顧了一圈，看起來黑律言是獨居，桌面上只放著一包衛生紙和遙控器，其他什麼都沒有。

「坐下吧。」黑律言坐下之後出聲招呼，顏允菬這才緩緩坐到沙發上，兩個人中間隔了一個空位。

「你怎麼穿著西裝？」顏允茵找了個話題起頭。

「晚上要去吃朋友的喜酒。」黑律言回答，隨即反問：「爲什麼妳會和北野晴海一起去看電影？」

「他說他有多的票……」

「他有票，妳就跟他去了？」

「因爲我也想看這部電影，而且你原本和我約好卻……」

「我爽約，妳就可以約其他人？」

正常來說本來就可以，然而顏允茵莫名覺得有點心虛。

「《惡魔勇者兵團》的漫畫和DVD我都是跟他借的，再加上發生了一些事，總之就一起了……沒想到我們會看同一場，我以爲有很多場。」

「試映會通常只會有一場。」黑律言打量她的裝扮，「妳今天穿得很樸素。」

「坐機車比較方便……」顏允茵吶吶地說。

「北野晴海騎機車？喔對，我想起來了，他是偷騎機車。」也因爲如此，當初第一次見到北野晴海時，黑律言才會以爲他是成年人。

顏允茵喝了口汽水，決定鼓起勇氣，「爲什麼要把我拉走？你不是完全不相信我說的話嗎？」

「我是不相信妳說的話，但也沒辦法容忍妳身邊老是有別人。」黑律言冷冷說。

顏允莔無法理解，「什麼意思？」

黑律言再也控制不住，猛地側過身壓向顏允莔，兩人之間的距離一下子拉得極近，「別再讓我看到妳和其他男人在一起。」

「你在說什麼啊！我哪有……」

「北野晴海、紀青岑、庾岷、我，還有呢？還有誰也是妳的對象？」

顏允莔不敢置信，黑律言居然還在誤會這種事？而且怎麼多了兩個人？他腦補的程度到底到哪了？

可是在這個瞬間，顏允莔突然不再覺得委屈。黑律言會這麼生氣，甚至還直接帶走她，放棄了一直期待的電影，不就表示他非常在意她？

所以顏允莔決定使壞，如果這些誤會都沒能讓黑律言甩開自己，那她何不利用這些誤會與他更進一步？

於是，顏允莔伸手勾住黑律言的脖子，黑律言一愣，這才意識到自己已經將顏允莔壓在沙發上。

「妳……」

「原來你這麼喜歡我？」顏允莔裝作從容地露出微笑，手指卻隱隱打顫。

黑律言瞪大眼睛，看著顏允莔風情萬種的神態，他馬上往後退，掙脫了她的手。

「妳到底在想什麼！」黑律言臉上一紅，既慌張又憤怒，「妳對所有人都這麼做？」

「怎麼可能，我還是會挑的。」顏允莔起身，她不太確定自己想要做什麼，只是依著本能靠向黑律言。

空氣中彷彿充斥著顏允莔香甜的氣味，背著光令她的身形輪廓更顯清晰，曼妙的曲線是那樣誘人。

顏允莔再次伸手，圈住了黑律言的肩膀，「老師帶我回來是爲什麼？」

「我只是有話想跟妳說。」黑律言渾身僵硬，他想要移開目光，卻無法不看著眼前的顏允莔。

「那你說，我在聽。」她邊說邊湊近黑律言的臉頰磨蹭，氣息輕吐。

她發覺黑律言的態度不再那麼尖銳了，之前無論她怎麼解釋、大吼、哭泣，都沒有用，這是唯一一次，黑律言在她面前喪失了攻擊能力。

「妳知道妳在做什麼嗎？」黑律言呼吸急促，顏允莔的身體若有似無地貼著他，他握緊拳頭強自忍耐。

「我不知道。」顏允莔低語，隨後輕輕咬著下唇。

這樣的她，彷若充滿誘惑的森林妖精，讓黑律言一瞬喪失了理智。

黑律言抓住她的肩膀，萌生出一個念頭，他要讓她的身邊再也不會出現其他男人。

他要她在往後的人生中，再也忘不了自己。

黑律言吻上了顏允菖的唇，而顏允菖也幾乎沒有猶豫便回應了他的吻。

兩人初次接吻，卻不是蜻蜓點水，黑律言的舌強勢地鑽入她的嘴裡一陣糾纏，顏允菖差點呼吸不過來，黑律言暫時退開，看見她雙眼迷濛，眼角也微微泛紅，下一秒又再次吻上。

兩人的唇舌交纏，整間屋子裡只剩下他們親吻的聲音，黑律言的手先是捧住她的臉，接著又往下輕輕撫摸脖頸，顏允菖下意識發出了呻吟，黑律言頓時停下動作。

冷靜點，她是你的學生，她才十七歲。

但那又如何？

她不也和許多人發生過關係？

想到這裡，黑律言不再猶豫。他要把她弄得一團亂，讓她再也無法去想其他男人。

顏允菖抓住黑律言的手臂，弄皺了襯衫，她整個人都在他的懷中。黑律言的手試探性地往下，顏允菖先是一縮，可是她被他強勢摟著，無處可逃。

她對接下來要發生的事一知半解，既害怕，又期待著。

忽然，黑律言稍稍拉開距離，從他的眼神中，顏允菖辨認出迷亂與情慾，她覺得胸口緊緊的，身體也十分奇怪，彷彿在渴求他更多的觸碰。

黑律言親吻了她的臉頰、鼻子、嘴唇，隨後拉起她的手，轉身往臥房走去。那隻手傳來的力道輕柔而堅定，並不是強迫，卻不容拒絕。

就這樣，他們進了臥房，黑律言關上房門。

第十一章

在臥房內，兩個人吻了很長一段時間，黑律言炙熱的氣息吐在顏允茵的頸間，他伸手脫去她的上衣，上身只剩下小背心的她不禁害羞起來，伸手遮住自己的胸前，但黑律言拉開她的手，低頭吻了下去。

「啊……」她發出呻吟，而黑律言輕輕一推，令她往後倒在床上。

她猛然驚覺此刻的自己是什麼樣的狀態與姿勢，於是不安地挪動身子，企圖脫離黑律言的掌控。

他卻俯下身，用力壓住她的肩膀。

「別逃。」

顏允茵有些恐懼地看著他的雙眼，而黑律言已經伸手到她的褲頭，解開扣子，將牛仔褲緩緩褪去。

「事到如今，妳才知道害怕？晚了。」黑律言笑了，能讓顏允茵露出這種表情，他覺得十分高興。

爲了讓她露出更多這樣的表情，黑律言的另一隻手撫上她的腿，往根部移去。

「等……」顏允茵倒抽一口氣，撐起上身想要抵擋，結果被黑律言的手拉開。

「我不會讓妳有時間考慮。」他再次把她往後推倒在床上。

爲了不讓她逃，黑律言的雙膝跪在她的雙腿外側，將她圈在了自己的勢力範圍，接著拉開領帶並解開白色襯衫的扣子，裡頭是合身的背心，肌肉的線條隱約可見。顏允菭顫了顫，嚥了口水，第一次知道原來女人也可以看男人看到呆住。

她伸手想觸碰黑律言的胸膛，想摸摸那分明的線條與結實的肌肉，黑律言見狀再次一笑，「妳很積極啊。」

他喜歡她害怕的模樣，更喜歡她渴求他的模樣。

黑律言將襯衫和背心都脫掉，赤裸的上身展現在顏允菭面前，他握住顏允菭的手，「交給我。」

顏允菭閉上眼睛，感受到黑律言的唇又一次落下，並脫去了她所有的衣物。

「等一下……」她驚呼並張開眼睛，見到黑律言正盯著自己，「不要看我！」

她趕緊遮住身體，但渾身赤裸也不知道該遮哪，而黑律言拉開她的手，目不轉睛瞧個仔細。

「爲什麼不要看？」

「你、你！」顏允菭羞紅了臉，「關燈啦！」

黑律言笑了，他久違地在面對顏允菭時眞心地笑了。

「就算關燈，現在外面也還很亮。」

「拉上窗簾！」

「我還是看得到，就像妳也看得到我一樣。」黑律言親吻了顏允茗並關上燈，不過窗簾依舊半開著。

顏允茗看見了黑律言的表情，有時是充滿慾望的渴求，有時隱隱流露疼惜，有時又複雜得難以辨明，在他們對上雙眼時，黑律言總是會微微苦笑。

黑律言仔細地看著她，當他進入時感受到了艱難，而顏允茗也眉頭深鎖，流下了眼淚，於是他低下頭，吻去她的淚水。

激情過後，理智才回籠，黑律言注視著在床上熟睡的顏允茗，傳訊息告訴周夜蒼他不去吃喜酒了，而周夜蒼很快回覆一張曖昧笑著的貼圖。

一種奇怪的感覺在黑律言心中蔓延，夕陽餘暉從窗外灑入，令猶在睡夢中的顏允茗略微蹙眉，黑律言撐起身體拉上窗簾，為她遮去陽光。

就在這時候，黑律言注意到了床單上的血跡，他怔了怔，再次望向顏允茗。

在剛才纏綿的過程中，顏允茗生澀的動作以及疼痛的神情，都讓黑律言懷疑她是第一次。

但顏允茗告訴過北野晴海，她習慣墮胎這件事了。如果是這樣，她又怎麼可能會是第一次？

不，她沒有說自己習慣墮胎，只是黑律言認為她話裡是這個意思。

難道……眞的是他誤會顏允菖了？

✦

顏允菖覺得下半身好痛，大腿內側有股說不上來的痛楚，她坐在位子上嘆了口氣，還捶了一下腰。

「腰痠嗎？月經要來了？」蘇雨菡好奇地問。

「沒有。」顏允菖連忙扯謊，「待會又要考試了。」

「嗯，我還是會讓妳抄的。」蘇雨菡眨眼，「不過妳這樣到時候學測怎麼辦？」

「沒想到妳會擔心我的成績呀。」顏允菖笑了，「也差不多要認眞了，今天最後一次讓我抄吧，之後我會認眞念書的。」

「好哇。」蘇雨菡開心地摸摸顏允菖的頭，「不過妳看起來好像和平時不太一樣。」

「哪裡不一樣？」顏允菖有些驚慌，她在漫畫裡看過，據說女孩子經歷過初體驗後會忽然變漂亮，莫非是眞的？

蘇雨菡瞇起眼睛，目光在她的臉上打轉，顏允菖緊張地嚥了下口水。

「看起來很累，妳昨天沒睡好嗎？都冒出黑眼圈了。」蘇雨菡兩手一拍，說出了觀察結果。

顏允茝頓時鬆了口氣，連忙接話：「確實沒睡好，腰痠背痛的。」

「唷。」北野晴海從外頭走進教室。

「晴海。」蘇雨菡揮手，「難得你比青岑早過來。」

「他在來的路上被黑律言叫走了。」北野晴海在提到黑律言時，刻意加重語氣，還看了顏允茝一眼，這讓顏允茝不好意思地別開眼睛。

「爲什麼？」

「好像要他去拿考卷什麼的吧，誰知道。」他聳肩，「黑律言似乎很討厭我。」

「黑老師不是沒教你們班？應該不認識你呀。」蘇雨菡疑惑地說，沒有聽出北野晴海的言下之意，顏允茝則是冷汗直流。

北野晴海這話當然是故意說來調侃顏允茝的。禮拜六晚上回到家後，顏允茝傳訊息給他爲臨時爽約道歉，然而北野晴海只回了一句：「好忙喔，忙到晚上喔」，以及一張大笑的貼圖。

「那天的電影好看嗎？」蘇雨菡問，顏允茝完全不曉得該如何回答。

要是告訴蘇雨菡說她臨時走掉，是不是就得說出她和黑律言的事？

但她並沒有打算告訴蘇雨菡這件事，畢竟黑律言是老師，怎麼說都還是保持低調比較好。

「好看呀，顏允莒還看到哭了。」出乎意料的是，北野晴海開口替她解圍，顏允莒不禁露出感激的神情。

「眞的？還哭了？」蘇雨菡驚訝地說，「哎呀，允莒怎麼這麼可愛。」

「哈哈……」顏允莒乾笑，偷偷瞄了北野晴海一眼，只見他眨眨眼，轉身準備離開。

「晴海，你要走了？」

「是啊，我只是經過來看一下。」北野晴海擺擺手，隨即又停下腳步，「對了，那些八卦的源頭我已經處理好了。」

「八卦？」顏允莒摸不著頭腦。

蘇雨菡卻神祕地笑了，「謝謝你，晴海。」

「我走啦。」北野晴海哼著歌走出教室。

顏允莒馬上問蘇雨菡到底是怎麼回事。

「之前不是提過學校裡在流傳關於妳的八卦嗎？最近傳聞演變得太誇張，包含說妳墮胎、多P，還有賣春喔。」蘇雨菡邊說邊笑。

顏允莒皺眉，「竟然到了這種程度？我給人的印象是有多糟糕？」

「嗯，雖然妳不在意，可是我不喜歡自己的朋友被欺負，所以我請晴海幫忙出手處理。」

顏允萏倒抽一口氣，「處理？怎麼處理？」

「找出謠言來源呀，然後狠狠警告，最後拍下對方懺悔的影片。」蘇雨菡說完後大笑，「妳猜是誰？」

顏允萏腦中只浮現一個名字，「左丹芬。」

「嗯，晚一點有好戲可以看喔。」蘇雨菡抱緊了顏允萏，「我討厭看到我的朋友被欺負，更討厭她們居然把晴海和青岑也扯進來。」

「所以我只是沾了他們兩個的光呀？」顏允萏調侃蘇雨菡，同時也抱緊了她，「謝謝妳，其實我並不是真的不在意，只是也不知道該怎麼處理，況且我根本沒想到傳聞竟然變得那麼荒謬……」忽然，她腦中閃過一個念頭，「這些謠言也傳到老師耳中了嗎？」

「應該不至於，造謠傳到老師耳中還得了？不過如果有老師偶然聽見，也不是沒有可能。」

顏允萏咬緊下唇，難道黑律言就是聽到傳言，才對她誤會越來越深？

沒想到她的放任不管，最後竟導致自己被謠言所傷。

鐘聲響起，邱淨很快進到教室，並且發下考卷，「今天的題目很難，不要浪費時間，大家快點寫吧。」

全班紛紛慘叫，但還是乖乖將考卷往後傳。顏允萏倒不擔心這次的考試，只是之後的考試就傷腦筋了。未來她得自己認真念書，如果可以，她想和黑律言一樣進入K大，但K大可不是那麼好考的學校。

蘇雨菡把考卷往後傳，對顏允茗眨了下眼睛。

考試開始，顏允茗原本還試圖自己寫個幾題，卻發現完全做不到，更麻煩的是還有幾題需要算式，這些要抄到答案太難了，所以她只能亂寫一通。

交卷前五分鐘，蘇雨菡咳了一聲作爲暗號，然後右手往左邊的腋下穿過，用手指迅速依序比出答案。

顏允茗則假裝打哈欠，一邊揉著眼睛低頭在試卷上裝作振筆疾書的樣子，一邊偷看蘇雨菡比的數字，並且背了下來。接著她再一題一題慢慢填上答案，也沒忘了其中幾題要改成不同的選項。

寫完之後，顏允茗抬頭看了一下講臺上方的時鐘想確認時間，卻發現邱淨正盯著自己，於是又心虛地低下頭，假裝繼續寫考卷。

鐘響前，邱淨要大家將考卷往前傳，然後宣布下課。

庾岷趕緊衝上臺詢問眾人對於園遊會活動的想法，結果引來全班抗議：「別占用下課時間！」

可憐的庾岷一臉無辜，只好發下一張白紙，請大家寫上意見後投入他準備的箱子中。

顏允萏和蘇雨菡都隨意寫了咖啡廳，便把紙條投到箱子裡，顏允萏隨口問庾岷：「這箱子是上次高一同學會你帶去的那個吧？後來你回去拿啦？」

「我跟左丹芬拿的。」庾岷垂頭喪氣，「妳們是第一個來給意見的，我也不想占用大家的下課時間，可是就沒有時間了啊。」

「別擔心啦，遲早能決定的。」蘇雨菡安慰他。

「要是大家都沒意見，就用我們的意見吧。」顏允萏笑著說，隨後忽然感受到有人正注視著自己。她抬頭往外看，見到結束隔壁班課程的黑律言剛好經過走廊。

兩人經過那次纏綿後，關係雖然有些尷尬，不過黑律言的態度柔和多了，反而是顏允萏覺得害羞，想不透自己當時怎麼會那麼大膽地誘惑對方。

她垂下頭，避開了黑律言的視線，倒是庾岷發現黑律言在外頭，立刻衝了出去：「黑老師！」

當看見顏允萏又在和庾岷說話時，黑律言原本不太高興，沒想到庾岷冷不防衝了過來，他不禁略微心慌，而顏允萏正巧移開目光，沒注意到他的慌亂。

「怎麼了嗎？」黑律言擺出老師的姿態。

「老師這週哪天放學後有空？我們一起去看彭依苹老師吧！」

「我過去不會打擾她嗎？她現在應該回家休養了吧？」

「我有定期跟彭老師聯絡，當然也問過她，她說如果黑老師願意過去，她很歡迎。」

黑律言心想，身為代課老師，好像確實該和原本的老師打聲招呼，況且之後他很可能會正式接受青海高中的聘用，和同事打好關係並無壞處。

「如果彭老師沒問題，那我當然也沒問題。」黑律言微笑。雖然他不喜歡庾岷親近顏允茗，不過庾岷是位好班長。

「太好了，那我和彭老師確認時間後，再告訴黑老師。」庾岷開心地回到教室，繼續和蘇雨菡、顏允茗說話。

顏允茗因為太過害羞，始終不敢看向教室外的黑律言，然而黑律言無法接受被無視，於是他直接來到後門喊：「顏允茗，過來一下。」

對學生來說，在下課時間被老師找去，通常都會以為自己要被訓斥了，尤其對方還是班導。所以當黑律言喊顏允茗時，全班同學都露出了或憐憫或幸災樂禍的表情。

顏允茗咬著下唇，低頭走到後門，黑律言隨即轉身邁開步伐，並示意她跟上。

「顏允茗怎麼了嗎？」庾岷問蘇雨菡，蘇雨菡只是聳肩。

就這樣，顏允茗跟在黑律言身後，可是黑律言並未往辦公室的方向去，而是朝樓下走。顏允茗以為是要去後花園，沒想到黑律言領著她來到體育器材室後方的空地。

「後花園上方的樓層只要往下一看，什麼都看得見，妳知道嗎？」黑律言停下腳步，沒好氣地說。

「但那裡平常應該沒什麼人……難道上次我們被看到了?」顏允茵一驚。

「沒有。」黑律言搖頭,「妳現在還在和庾岷糾纏?」

「啊?」顏允茵不懂他怎麼會提到庾岷,難道是因爲剛才她和庾岷在講話?「我們在討論園遊會的事,庾岷抱怨大家不積極討論。」

黑律言冷哼一聲,撇過頭看著旁邊。

「蘇雨菡也在,你沒看到?」顏允茵忍不住失笑,「老師,你在嫉妒?」

「不要叫我老師。」黑律言火大了。

「你現在就是老師啊。」顏允茵反駁,覺得黑律言挺可愛的。

顏允茵說得一點都沒錯,因此黑律言一時無法反駁。

「老師,我不知道你在生什麼氣,但我和庾岷、北野晴海、紀青岑沒有怎樣。還有其他人被你誤會嗎?」

或許是兩人之間有了更加親密的關係,也或許是黑律言發現顏允茵把第一次給了他,所以他不再那麼充滿攻擊性。

「我沒有完全相信妳,還有很多疑點沒弄清楚。」黑律言說,表情卻顯得柔和多了。

「你可以向我求證,我每一項都可以解釋。」

黑律言沒有回應,而是拉過顏允茵的手,將她扯進懷中,也不管這裡是學校就吻了她。

顏允菖嚇一大跳，趕緊看向四周，黑律言卻把她壓在牆上，忘情地吻著，不給她分心的機會。

這次的吻也不僅僅是輕輕觸碰，兩人熱烈地唇舌交纏，在彼此的唇齒間汲取空氣，喘息不已。黑律言更加用力地抱緊顏允菖，手裡的教科書掉到了地上。顏允菖不自覺發出呻吟，黑律言伸手拉開她的制服下擺，炙熱的掌心貼在她腰間的肌膚……

鐘聲驀地響起，兩個人瞬間一愣，迅速拉開距離。

他們的頭髮與衣服都有些凌亂，見到彼此狼狽的模樣，兩人相視一笑，但黑律言很快咳了聲，吩咐：「整理好後快回去上課，遲到就說是我找妳。」

「事實上就是你找我，全班同學都看到了。」顏允菖用手指梳了下頭髮，將被拉出的制服下襬一角紮回去。

黑律言再次咳了幾下，「妳之前說妳答應蘇雨菡去聯誼，而她用讓妳看考卷答案這個條件來交換，是真的嗎？」

「千眞萬確。」顏允菖點頭，原來黑律言還記得她說過的話。

「那傳聞怎麼說紀青岑去妳家？」

黑律言果然有聽到傳聞！顏允菖有股衝動想去痛揍左丹芬。

「當時我和北野晴海借漫畫，蘇雨菡要紀青岑幫我一起把漫畫提回家，這是眞的！

而且現場不只有我和紀青岑，我們四個人都在。」

「那爲什麼有傳聞說北野晴海騎機車載妳，那天他又去妳家找妳，說妳背叛他？」黑律言又問。

「那也是因爲我向北野晴海借漫畫和DVD，他堅持騎車載我。背叛那件事我解釋過了，他是爲了蘇雨菡，才會來我家樓下找我，他不高興我幫蘇雨菡隱瞞行蹤。」顏允茗連忙爲自己辯解，「細節牽涉到蘇雨菡的個人隱私，我沒辦法說太多，但不管是北野晴海和紀青岑，都跟我沒有任何關係。」

「那半勇者半惡魔娃娃吊飾呢？」

「那是北野晴海要我跟他去看電影才給我的。」

黑律言一怔，「連那個都是他送妳的？」

「欸？不然你爲什麼問？難道你在打它的主意？你別想！那是我的！」顏允茗完全搞錯重點。

「他爲什麼要約妳看電影？」

「他說他身邊沒人喜歡《惡魔勇者兵團》。」

黑律言懂這種感覺，但還是十分不爽。

「嘖。算了，妳快回教室吧。」

其實他最想問的，是關於北野晴海和她一同去婦產科診所的事，不過還是下次再問好了。

他有點害怕，要是顏允菪辯解的理由漏洞百出呢？要是聽了她的解釋之後依舊無法相信她呢？他會不會又忍不住像之前那樣冷酷地對待她？

原來當太過在乎一個人時，會更無法說出心裡的話，也會不敢找尋眞相，就怕毀了現有的關係。

黑律言回到辦公室，他這堂沒有課，因此待在位子上檢視各班學生的學習狀況，並根據各班的程度來出考卷。而坐在黑律言斜對面的邱淨嘆了口氣，她正在批改二年四班的數學考卷，發現顏允菪和蘇雨菡的考卷不太對勁。

她不想懷疑學生，可是種種疑點實在過於巧合。但今天考試時她特別留意過她們兩個，並沒有作弊的跡象。

她又嘆了口氣，考慮著要不要知會代課導師黑律言。

「邱老師。」黑律言忽然起身，令邱淨嚇了一跳。

「是？」

「想請問妳一下，青海的園遊會一般有哪些活動項目？」黑律言曾聽說青海高中的園遊會向來場面盛大，但並不了解細節。

「啊，除了各班需要準備攤位，我們還會邀請嘉賓出席，像是歌手或是藝文界人士。」

「我們以前高中時好像沒有這樣的好事啊。」黑律言一笑。

「可不是？不過黑老師的年紀和我應該有差距，在你那個年代，校方也會請一些藝人了吧？」

「的確請過一些。」黑律言點頭。其實他提起園遊會只是爲了起個頭，接下來的事才是他眞正想問的，「對了，邱老師，那天我們一起外出用餐時，不是聊到了紀青岑嗎？」

「是呀，紀青岑這位同學眞的是難得一見的優等生。」說起紀青岑，邱淨整個人眉開眼笑的。

「對於他，妳當時好像說了一句『不太理解年輕人的交友方式』，那是什麼意思呢？」

邱淨先是歪頭，一臉疑惑，接著恍然大悟，「啊，我的意思是……」她左右看了一下，確認辦公室裡沒有其他老師後才繼續說，「不曉得爲什麼，紀青岑和北野晴海關係很好。我對學生沒有偏見，但這兩人的性格完截然不同，卻能成爲好朋友，這點挺讓人困惑呢。」

黑律言愣了愣，北野晴海和紀青岑居然能兜在一起？

「個性差異越大，或許越有可能成爲朋友吧，一種互補的概念。」黑律言淡淡一笑。

「我想或許是因為他們之間還有一個潤滑劑吧。」邱淨若有所思，「你們班的蘇雨菡和他們似乎是舊識，感情非常好，兩小無……應該說三小無猜？我這樣算是說髒話嗎？」說完，邱淨和黑律言都笑了起來。

「不過原來他們兩個和蘇雨菡感情很好？」黑律言嗓音微顫，總覺得許多事情都慢慢地連接上了。

「哎呀，你是新來的老師嘛，他們三個在學校裡很有名呢。」邱淨笑了笑，隨即又沉下了臉。「他們兩個下課時還會跑去你們班找蘇雨菡呢。」

先前黑律言從來沒有特別留意過蘇雨菡，然而此刻所有的線索都和顏允菡所言不謀而合，紀青岑和北野晴海牽扯不清的對象，原來確實不是顏允菡。

「邱老師，剛才我聽到妳在嘆氣，難道是學生的成績不理想？」他是從邱淨桌面上放著的考卷來推斷。

「你們班的數學成績一直都不錯，只是……」邱淨再度嘆氣，「我也不太確定，所以本來沒想跟你說，但直接去找學生也不太對。」

黑律言走到邱淨身旁，發現桌上的考卷是顏允菡和蘇雨菡的。

「我懷疑顏允菡抄別人的考卷，而她最有可能抄的，就是蘇雨菡的考卷。」邱淨皺著眉頭，「她們兩個也是好朋友，座位又在前後，蘇雨菡的成績一向很好，而顏允菡則是時好時壞……」

「是哪些地方讓妳產生懷疑呢？」

「例如這一題和這一題是差不多的題型，蘇雨菡兩題都寫對，而顏允茗只寫對一題。還有這題選擇題，有另一題填充題是套同樣的公式，顏允茗選擇題對了，填充題卻錯了，這不太合理。」邱淨是位非常細心的老師，才能察覺這種細微之處，「類似的情況我之前就發現了，但我不想無故懷疑學生，今天考試時我特別觀察過她們，並未發現異狀，可我就是覺得怪怪的。」

黑律言不由得心跳加快，顏允茗先前的解釋似乎都是眞的，她答應蘇雨菡去參加聯誼，換來可以在考試時抄答案，而北野晴海、紀青岑、蘇雨菡三人形影不離，因此顏允茗和兩個男生有接觸好像也在情理之中。

「邱老師，雖然我接手這個班級的時間不長，不過我想她們應該不會做這種事。只是邱老師提出顏允茗的學習狀態不穩定，這的確是個問題，或許我們該嚴格一點？否則一樣的題型換個敘述就不會了，這樣大考怎麼辦？」黑律言裝模作樣地搖頭，彷彿在認眞爲此苦惱。

「哎呀，黑老師，她們也才高二，學習狀態不穩定是正常的。」經黑律言這麼一說，邱淨還眞的被他帶著轉了念頭，她語重心長道：「或許我們要加強類似題型的練習，這樣學生們才不會明明能答對，卻粗心錯了。」

「我贊同邱老師的想法，我也會考慮依照這樣的方式出題。」黑律言說完便返回座位，繼續手上的工作。

而邱淨也把顏允苕和蘇雨菡的考卷收好，改起別班學生的考卷。

下課時間，黑律言準備好等下上課要用的教材，往二年級教室走去，途中他特地繞到了二年四班外面，朝裡頭張望了一眼。

紀青岑就站在蘇雨菡身邊，一手搭在她的肩膀上，兩人有說有笑且狀似親暱，只消這一眼就能明白，紀青岑喜歡蘇雨菡。

而一旁的顏允苕雙手環胸翻了個白眼，不知道在說些什麼，紀青岑則神情不屑地回應她。

所以……真的都是他誤會了？

「黑老師，你來拿什麼東西嗎？」庾岷抱著一疊作業簿從後方出現，嚇到了躲在後門觀察的黑律言。

「我想和你確認去看彭老師的時間。」黑律言讓出一條路給庾岷，順口胡謅。

「啊！彭老師正好這禮拜六要來我家送油飯和蛋糕，乾脆就約在我家那裡吧！」

「你家？」

庾岷拍了下額頭，差點弄掉作業簿，「忘了跟黑老師說，我們家經營婦產科診所，彭老師就是在那邊生產的，之前全班同學幾乎都有輪流過來探望老師。」

「你們家該不會是溫馨婦產科？」黑律言想起當時看見顏允苕走進婦產科診所時，

診所外的招牌就寫著這個名稱。

「對，原來黑老師知道呀！」

黑律言覺得無地自容，他徹頭徹尾誤會顏允菬了。

居然這麼白痴。

「唷，老師好啊。」北野晴海從旁邊冒了出來，打招呼的聲音之大，讓顏允菬等人都聽見了，於是也發現黑律言站在教室外面。

「晴海。」蘇雨菡開心地笑，而北野晴海逕自走進二年四班教室，伸手摸了蘇雨菡的頭，與她親暱的程度不亞於紀青岑。

「要開始了。」北野晴海說，但顏允菬不懂他的意思，她偷偷覷向黑律言，因爲想起稍早的吻而臉紅。

「啊，差點忘了。」蘇雨菡拿出手機，點開IG找到左丹芬的帳號，朝顏允菬神祕一笑，「我說的好戲要來了。」

很快，左丹芬的IG頭像顯示正在直播，蘇雨菡立刻點入，並朝四周的同學們喊：「大家快看左丹芬的IG，她在直播喔！」

「左丹芬開直播？」庾岷單手抱著作業簿，皺眉從口袋拿出手機。黑律言跟著湊過去他旁邊觀看。

畫面中的左丹芬臉色憔悴，從背景來看，她並不在學校，而是在她自己的房間。她咬著下唇，神情泫然欲泣，對著鏡頭說：「今天開直播的目的，是爲了向我的同學顏允茵道歉。」

顏允茵一驚，所有正在觀看直播的同學都朝她投去目光。

北野晴海聳肩，低聲說了句：「不用客氣。」

「你做了什麼？」顏允茵震驚無比。

「我怎麼能容忍有人這樣說我的朋友呢。」蘇雨菡牽起顏允茵的手，紀青岑則不置可否。

左丹芬繼續說：「她漂亮又有個性，讓我覺得自己在班上的地位受到威脅，就連我當時喜歡的人也很照顧她，所以我才會故意散播關於她的謠言，什麼群交、墮胎、跟很多人搞在一起，這些都是假的，全是我亂說的。對不起造成顏允茵的困擾，對不起那些相信我的朋友，請大家原諒我。」

左丹芬掉下眼淚，朝螢幕深深鞠躬，大量留言迅速湧入，其中有鼓勵她的：「女神！勇於道歉」、「沒關係，我們一樣支持妳」、「知錯能改善莫大焉」；當然也有唾棄她的：「傻眼，不敢相信」、「退粉了，能散布這種謠言，品性絕對不會好到哪去」、「妳才幾歲？怎麼說得出那些惡毒的字眼」、「對方沒自殺妳眞的要感恩」。

最後左丹芬淚流滿面結束了直播，沒有爲自己辯解。

「你們怎麼有辦法讓她這樣做？」顏允茵對左丹芬的道歉沒什麼感覺，但整個青海高中都爲左丹芬的自白震驚不已。

北野晴海笑了兩聲，「每個人都有價碼，也有弱點。當對方不願意做某件事情的時候，第一，問出她的價碼。第二，找到她的弱點。」

「我永遠不要與你爲敵。」顏允茵眞心誠意地說。

「放心，允茵，我們永遠都站在妳這邊。」蘇雨菡抱住她。

「除非妳不再是雨菡的朋友。」紀青岑補充。

「沒錯。」北野晴海也點頭。

「不可以威脅我的朋友。」蘇雨菡嘟嘴，兩個男生拿她沒辦法似的笑了，並各自伸手捏了她的兩邊臉頰。

庾岷嘆了口氣，「還眞是無妄之災，顏允茵從以前就很常被誤會。」

黑律言忍不住問：「以前？」

「我高一和她同班，左丹芬跟她處得很不好，上次同學會也是……我也有錯，硬逼她去，結果鬧得不愉快。」

「然後你們就去旅館？」

「是去旅館裡面的一家日本料理，老師，話不要只講一半啊！那家日料很好吃，我那天吃超多的。」庾岷把手機放回口袋，雙手抱好作業簿，「那黑老師，我之後再跟你說禮拜六約哪個時間喔。」

說完，他跑進教室，朝著顏允茖大喊：「顏允茖！辛苦妳了，眞的是無妄之災耶，左丹芬的道歉雖然很令人震驚，但我更震驚的是，她當時有喜歡的人喔？誰啊？阿南嗎？」

顏允茖搖頭，雖然她也是看了直播才知道左丹芬當時有喜歡的人，不過這樣一切好像就合理多了。庾岷說得對，這根本是無妄之災，左丹芬喜歡的人多半就是庾岷，而庾岷對班上每個同學都很照顧，偏偏左丹芬看她不順眼，只要庾岷跟她多說兩句話，左丹芬就醋勁大發。

算了，也沒必要告訴庾岷。

「那不重要，反正她都說是高一時的事了。」

「也是，都不同班了。」庾岷聳肩，雖然他對每個人都很友善，可是他討厭惡意中傷別人的人。

他相信多數人可以改過自新，可是他們都十七歲了，到了這個年紀還會不懂什麼話能說、什麼話不能說嗎？難道左丹芬不是仗著自己還未成年，造謠傷害他人也不至於遭受重罰，所以才恣意妄爲？

既然左丹芬會做出這種事，那麼他就會選擇遠離她。

「啊，她的粉絲人數馬上掉了五千耶。」蘇雨菡幸災樂禍地說。

「謝謝你們。」顏允茖向他們三人道謝，並沒有打算詢問他們讓左丹芬就範的過程。

「好了，我們走吧。」北野晴海勾著紀青岑的肩膀，兩個人從前門離開。

而顏允菬往後門看去，黑律言已經不在了。

「允菬，妳的手機在震動。」蘇雨菡提醒將手機放在桌上的她。

顏允菬拿起來查看，是黑律言傳來訊息。

「中午來器材室後面的空地。」

第十二章

好不容易等到全班幾乎都睡著了，顏允莒才偷偷溜出教室。午休時間，校園裡相當安靜，只剩下麻雀的嘰喳聲，以及機車偶爾呼嘯而過的引擎聲。

她快步走到器材室後方，黑律言已經倚牆等在那裡。

一見到顏允莒，他趕緊站直身子，顏允莒歪著頭，感覺黑律言好像想說些什麼。

「那個……妳身體還好嗎？」

「什麼意思？我沒有怎麼樣啊。」顏允莒聽不明白。

黑律言咳了聲，再問了一次：「就是……妳還會痛嗎？」

顏允莒總算聽懂了，她紅透了臉，「都過了兩天，現在才知道問啊。」

「不是，我只是……」

那天等顏允莒醒來後，黑律言送她到附近的公園。見她走路的樣子有點奇怪，他心裡是內疚的，卻硬是不開口關切太多，之後也只簡短傳了訊息詢問。

「我沒事啦。」顏允莒笑了下，「你找我來，只是要問我這個？」

「不是，還有……」說啊，怎麼一句道歉這麼難？黑律言崩潰地心想。「我們沒能看成《惡魔勇者兵團》的試映，等正式上映後再一起去看好嗎？」

「好呀！」顏允茵開心地拍手，接著靠向黑律言，故意貼著他打趣，「你不生氣了？」

黑律言嚇得退後幾步，避開了顏允茵的碰觸，「我、我已經知道自己誤會妳了。」

顏允茵有點失落，再接再厲又湊上前，「怎麼知道的？是因爲左丹芬的直播嗎？」

「那只是其中之一，反正是我錯了。」黑律言又往後退，然而後方是牆壁，他無路可退了。「妳不要這麼靠近我。」

「爲什麼？」顏允茵不懂了，只見黑律言滿臉通紅，與先前的淡漠落差極大，「之前你誤會我很愛玩的時候，不是很大膽嗎？現在是怎麼了？」

「我明白自己的行爲有多糟糕，妳可以不原諒我。」黑律言摀住自己的臉，「對不起，妳願意跟我交往嗎？」

顏允茵一愣，隨即漾開笑容，用力抱住黑律言，「眞是的，順序反了吧！」

要不是出於一連串的誤會，他們早就交往了，不用繞這麼大一圈。

黑律言驀地推開顏允茵，他忘了一件最重要的事，「等一下，此刻我是老師。」

「對，然後你剛才要學生跟你交往。」

「我們差了十歲啊……」黑律言懊惱地扶額。

顏允茵再次抱住他，「有什麼關係，我明年就畢業了，到時候我們就不是老師和學生了。」況且最初相識的時候，他們的身分也不是老師和學生。

「妳不要一直抱著我啦。」

「奇怪了，之前沒交往都能上床了，現在交往了反而連擁抱都不行？」

「之前我是因爲在生氣，才會那麼不理智。」

「那我還寧願你一直生氣。」顏允茍嘟起嘴，「親我，親一下總可以吧？」

黑律言本想說不行，但稍早兩人才在這裡接吻過，現在用什麼理由拒絕好像都太過牽強，況且，其實他也想碰觸她。

於是他低頭吻上了顏允茍，交纏的舌喚醒慾望，黑律言趕緊鬆開她。看著她迷亂的神情，他不禁嘆氣，「妳啊……不要不斷誘惑我。」

「如果你能被我誘惑的話就好了。」

「不行，在妳高中畢業前都不會了。」黑律言說得斬釘截鐵。

顏允茍瞪大眼睛，「爲什麼？因爲我是你學生？」

「這是其中一個原因。」黑律言拉好自己的衣服，也幫顏允茍把頭髮梳理整齊。

「我們都做過了，做一次和做一百次有差別嗎？」顏允茍並不是眞的那麼想做那件事，只是黑律言一副不容商量的態度，反而讓她很想唱反調。

「當然有差！妳還未成年呢。」黑律言略顯狼狽地反駁，說完自己都覺得心虛，明明一開始主動的人是他，但如果不是一連串的誤會導致他妒火中燒，那時他也不至於失去理智……

顏允菬瞇眼看著黑律言，嘆了一聲後鬆開抱著黑律言的手，「好吧，我知道了，老師。」

黑律言鬆了口氣，「我們就好好地約會並認識彼此吧。」

「一點說服力都沒有。」顏允菬失笑，「不過幸好你不是律師，不只看人的眼光有待加強，也很容易先入爲主誤會別人。」

黑律言抓了抓後腦勺，「如果沒當老師，也不會跟妳重逢了。」

「也是。」顏允菬聳肩。

「對了，關於妳作弊的事……」

「啊，我不會再作弊了，我已經和雨菡說好，快要考大學了，得認眞念書才行。」

顏允菬吐吐舌頭，壓根不曉得自己差點被邱淨盯上。

黑律言也不打算告訴她，只說：「加油吧，妳想考哪所學校？」

「K大。」顏允菬微笑，「雖然應該很難。」

「我可以教妳，能考上的話，妳也不算說謊了。」

「是呀！」

於是，兩人開始認眞交往，偶爾假日會約在偏遠一點的圖書館念書或約會，看看山景、海景、夜景，牽著手散步、合照，有時擁吻，但不會更進一步。

兩人也終於去看了《惡魔勇者兵團》的電影，他們熱烈地討論關於電影的一切，就像回到最初相識的那段時光。

期間，黑律言去探望了彭依苹，並正式被青海高中聘用，彭依苹預計在下學期回到工作崗位，屆時黑律言便會卸下二年四班的導師一職，轉爲科任教師。

有了黑律言這位私人家教，顏允莔的成績突飛猛進，讓她的父母十分開心，而邱淨也打消了疑慮，不再懷疑她和蘇雨菡作弊。

很快來到園遊會當天，而顏允莔直至今日才注意到一件事。

朱盈受邀演講的宣傳海報就貼在公布欄，顏允莔訝異地看了好幾眼，心想不知道黑律言有沒有聽說這個消息。

「在看什麼？」蘇雨菡走到她身旁，和她一起看著公布欄，「妳要去聽嗎？」

「應該不會。」

「我也不會去，我更期待下午的樂團表演。」蘇雨菡指向一旁的海報，下午還有其他的活動場次。

「欸？今年不是請藝人嗎？」樂團的名稱很陌生，顏允莔以爲是業餘表演者。

「今年請的是地下樂團，主唱赫泓在高中生和大學生之間的知名度很高，妳不知道嗎？」

「我很少關注這塊。」顏允莔的視線又轉回海報上，想了想，她還是傳了訊息給黑律言，告訴他朱盈今天會來學校演講。

「好啦，別偷懶了，我們要快點回去接待客人了。」蘇雨菡拉著顏允菖走回攤位。

配合攤位主題，她們都穿著白色襯衫搭配黑色長裙，頗有咖啡廳員工的架式。攤位上販售簡單的咖啡、果汁和蛋糕、小餅乾，意外的生意還不錯，原因是有不少人爭相都跑來看左丹芬哭著道歉的對象——顏允菖。

左丹芬在IG上公開道歉後還是照常上學，只是行事低調許多，身邊也少了一批友人，不過還是有些人對她不離不棄，也算是藉此得知誰是眞正的朋友了。

顏允菖在攤位上忙進忙出，沒辦法確定黑律言讀取訊息了沒有，而事實上黑律言也尚未讀取，因爲朱盈就正站在他的面前。

朱盈是由邱淨帶進教師辦公室的，而黑律言正巧在辦公室內，兩個人一打照面都怔住了。在朱盈的說明下，邱淨得知兩人畢業於同一所大學，於是便把朱盈交給黑律言接待。

「哎呀，那就交給黑老師了，你們有共同話題，應該會比較自在吧。」邱淨向朱盈禮貌致意，匆匆離開前去確認演講場地是否已準備妥當。

辦公室只剩下朱盈和黑律言兩人，朱盈抓緊皮包，率先笑著打招呼，「好久不見了。」

「好久不見。」黑律言也開口，隨即意識到，原來面對她沒想像中那麼難。

「你在這裡當老師呀？」

「是啊。來，這邊請坐，喝水還是茶？」黑律言領著朱盈來到休息區。

「謝謝，我自己有帶水。」朱盈從包包裡拿出保溫瓶。

「妳還是跟以前一樣呢。」黑律言一笑。

「你看起來神采飛揚，現在過得很好吧？」朱盈雙手交疊，眼裡只有誠摯的關心。

再怎麼說，他們都眞切地相愛過，或許過程中不全然是美好的，也分開得難堪，但兩人確實有過一段開心的時光。那些過往已經足夠久遠，且如今兩人都各自有了新的際遇，再回首時只記得當下的快樂，彷彿是定格在照片裡的畫面。

再次相見，感受到的只有懷念。

「過去的事對不起，也謝謝你。」朱盈說出這些年來，她一直想對黑律言說的話。千言萬語，最後只剩下這麼一句。

「也謝謝妳，如果不是因爲妳，我不會知道自己對教育有興趣。」而他也就不會遇到顏允茗。

原來過去發生的一切，都有其意義。

朱盈前去演講後，顏允茗才終於偷空跑來教師辦公室，她收到黑律言回覆的訊息，說已經見到朱盈了。

「你還好嗎？」顏允茗有點擔心，她並不是吃醋，而是隱約覺得，和朱盈的過往對黑律言來說很刻骨銘心，倘若再次見到朱盈，黑律言也許會感到難受。

「完全沒事。」黑律言微笑，打量起她的穿著，「這樣的裝扮眞新鮮。」

「我抱你一下好嗎？」

「在學校呢。」黑律言搖頭，況且辦公室裡有監視器。

儘管明白黑律言說的是對的，顏允茵仍癟癟嘴。

「我以爲我會很難忘記朱盈，可是今天見到她，我發現自己其實很久沒有想到她了，連《寶寶小巫師》的劇情進度都沒追了。」黑律言凝視著顏允茵，「我滿腦子都是妳。」

顏允茵睜大眼睛，隨後摀住自己的臉，忍住想哭還有想奔進他懷裡的衝動。

「而且和妳之間的那些事實在太過曲折離奇、轟轟烈烈了，其他人、其他事都沒辦法再動搖我了。」黑律言自嘲。

「老師，等我畢業你就完蛋了。」顏允茵認眞地看著他，「我會抱緊你，讓你無法掙脫。」

「這是我要說的話吧。」黑律言朝她一笑，笑容裡充滿難以言喻的魅力，「做好覺悟吧。」

他們小心翼翼地談著戀愛，但有時還是會小小冒險一下，例如偷偷在器材室後方的空地接吻。可隨著學測接近，顏允茵不得不埋首書堆之中，兩人私下見面的次數也跟著大幅減少。

學測前的最後一個禮拜，顏允菖終於受不了，在週末時衝到了黑律言家，接到警衛通報的黑律言十分驚訝，不過仍然請警衛讓顏允菖上樓。

「妳怎麼了？今天不用念書？」

「我要抱你！」顏允菖豪邁地宣告。

「妳在說什麼啊？」黑律言以爲自己聽錯了。

「我說，我要抱你！」說完，站在門外的顏允菖衝進玄關，緊緊抱住黑律言。

「眞是的，妳以爲我是爲了什麼在忍耐？」黑律言回擁住她，並親吻了她的唇。

其實顏允菖只是單純想要一個擁抱作爲充電，不過兩人對「抱」這個字的認知似乎不太一樣。

總之，最後兩人還是打破了「禁令」，滾到了床上。

在送顏允菖回家的路上，黑律言懊惱不已，深感自己不該沒能抵擋誘惑，不過顏允菖覺得沒有必要忍耐，況且也忍得夠久了，她都滿十八歲了！

「而且考完試以後，過沒多久我就要畢業了，我們就可以光明正大在一起了！」

「我只要想到自己三十歲的時候妳才二十歲，就感覺自己老了。」黑律言陷入一陣自我嫌惡。

「才不會呢，我永遠都會喜歡你的。」顏允菪不假思索地說，顯得無比真誠，令黑律言不由得想起了過往。他與朱盈也曾天真以為彼此會在一起到永遠，當時他們也差不多是顏允菪現在的年紀。

如果有天顏允菪開了眼界，想走向不同的道路，甚至走到另一個人身邊，那麼這一次他會選擇果斷地放手，不再重蹈覆轍。

能這麼想，他是不是更成熟了一點呢？

「啊，等一下。」顏允菪停下腳步，往公園的方向望去，「我看見雨菡他們了，送我到這就好，我去跟他們打招呼。」

「好，到家跟我說。」黑律言吻了下她的額頭，轉身離去。

等看不到黑律言的背影後，顏允菪才邁步走向公園。蘇雨菡和北野晴海、紀青岑剛買了冰淇淋往裡面而去，見他們走得很快，顏允菪趕緊跟上。

他們三人坐到長椅上享用冰淇淋，蘇雨菡吃得有點急，弄得滿嘴都是，一旁的北野晴海笑了笑，彎腰用舌頭舔去她唇邊的冰淇淋。

顏允菪原本要打招呼，卻目睹了這一幕，舉起的手定格在半空中。她知道他們三個關係緊密，但從沒想過緊密到什麼程度，北野晴海居然在紀青岑面前親吻蘇雨菡，這是……

北野晴海離開了蘇雨菡的唇，可她的嘴角還有一點冰淇淋殘留，於是換紀青岑吻了上去。

「顏允菭。」北野晴海發現了顏允菭的存在，而蘇雨菡嚇了一跳，顯得不知所措。

紀青岑看了下她們兩個，拍拍北野晴海的肩膀，兩個男生往另一邊走去，把地方留給她們。

「要吃嗎？這個只有我吃過。」蘇雨菡率先開口，雖然不明顯，不過她確實戰戰兢兢，似乎怕顏允菭會拒絕。

「我吃一口就好。」顏允菭上前吃了一口冰淇淋，是香草和巧克力的綜合口味，「很好吃。」

「晴海喜歡香草，而青岑喜歡巧克力，至於我最喜歡的就是香草加上巧克力的綜合口味。」蘇雨菡緊張地握著甜筒，融化的冰淇淋一滴一滴落到了她的手上。

「雨菡。」顏允菭握住她的手，「沒關係的，我想跟妳說……我和黑律言在交往。」

蘇雨菡驚訝地看著她，接著笑了，「我知道，但我沒想到妳會對我坦白。」

「妳怎麼會知道？難道我表現得很明顯？」這下換顏允菭驚訝了。

「晴海無所不知，也從不對我們隱瞞。」蘇雨菡言下之意就是紀青岑也知情。

「允菭，謝謝妳願意告訴我。」蘇雨菡吃了口冰淇淋，「妳和黑老師在一起一點問題也沒有，妳很快就會畢業，但三人行的婚姻在臺灣永遠不可能合法。」

顏允茗聽著有些心酸，但仍試圖安慰蘇雨菡，「很有錢的話就可以呀，不會有人說話的，妳看那些財團的總裁都沒在管一夫一妻制的。」

聽了這番話，蘇雨菡微微揚起嘴角，笑容卻略顯黯淡。

「不管怎樣，我都會站在妳這邊。」顏允茗誠摯地說。情感是很個人的事，箇中感受只有身在其中才能夠理解，既然身爲當事人的他們都願意接受了，旁人又有什麼好評論這段關係呢？

「謝謝妳，允茗，我也會站在妳這邊。」

一直以來，她們都是好朋友，可是直到這個時候，她們才終於眞正有了交心的感覺。

兩人相視一笑，無論未來會變得如何，她們都將陪伴彼此。

✦

寒風凜冽，街上的行人都穿著大衣、拉高了圍巾，將手放在口袋裡企圖使自己溫暖些。

看著窗外的景致，黑律言喝了一口熱飲，而剛從外面進來的皇甫縡脫掉黑色大衣、坐在他對面，周夜蒼則把包包放到黑律言旁邊。

「外面好冷，今天氣溫不到十度耶。」皇甫絳點了一壺熱茶，他稍早才去南部出庭，由於接到黑律言的緊急訊息，一下高鐵就立刻趕過來了。

「南部也這麼冷？」周夜蒼抽了張面紙，擤了下鼻涕。

「臺北還是比較冷。」皇甫絳又抽了張面紙給周夜蒼，「所以黑律言，你急著找我們幹麼？」

黑律言放下手裡的杯子，「想說已經有段時間了，覺得應該要告訴你們。總之，我有女朋友了。」

皇甫絳和周夜蒼瞪大眼睛，手上的動作齊齊停止。

「是上次那位嗎？」周夜蒼總算放心了，那天之後他曾經問過黑律言後續發展，無奈黑律言總是拒絕回答。

「對，從那天之後就在一起了。」

「太見外了吧，都多久了？快兩年？為什麼現在才講？」皇甫絳簡直不敢相信，此時店員送上餐點，他順手將刀叉一一分好。

「因為那時候她才十七歲。」黑律言輕描淡寫表示。

其他兩人聞言手都一抖。

「未成年？」

「你吃未成年？等一下，那天在電影院遇上的那兩個人都還未成年？」周夜蒼回想北野晴海和顏允莟的面容，雖然印象模糊，不過確實看起來都很年輕。

「是我的學生。」見到好友們錯愕的反應，黑律言忍不住笑了。

「我的天啊，黑律言，你要麼不交女朋友，要麼直接把學生？」皇甫繹倒抽一口氣，「那個……你們有發生關係嗎？喔不，我問這應該是廢話吧，只要年滿十六歲就擁有性自主權了，就算發生也沒什麼，我就是震驚而已。」

周夜蒼沒皇甫繹那麼驚訝，沉思片刻後說：「不管怎樣，還好你沒當律師。」

「哈哈哈哈！」皇甫繹大笑，豎起拇指，「還是要說幹得好，黑律言老師。」

兩人的回應亂不正經，黑律言也懶得反駁，「她已經十八歲了，前陣子剛確定成爲我們的學妹。」

「K大？程度挺不錯的嘛。她等等會過來？」

「對，我想介紹給你們認識。」黑律言頓了下，「別嚇到她。」

「放心，我們會展現出社會人士的成熟風範。」皇甫繹半眞半假道。

「不過十八歲還是個孩子，升上大學後會面臨很多誘惑，認識的人會更多，眼界也會更廣，更別說出社會後了。」周夜蒼意有所指，「我很高興你交了女友，但怎麼不找個年紀相仿，或工作環境類似的？」

「就不怕再遇到一次朱盈？」皇甫繹倒是直接。

「我想過，可是無論和誰交往，都不能保證永遠不會分開。」黑律言瞥了一眼手機，顏允茗快要到了。

「這倒沒錯，但……」

「好了啦，他自己都想清楚了，你就別像老媽子一樣嘮嘮叨叨。」皇甫絳一把勾住周夜蒼的肩膀，對黑律言說：「下次你女友沒有一起的時候，我們再去喝酒慶祝吧。」

「好啊。」黑律言點頭，「還有另一件事，她去K大報到的那天我也打算跟著去，我會去找葉教授。」

「終於！」皇甫絳差點流下感動的淚水，「葉教授其實動用一下人脈就能得知你的近況，但他始終沒那麼做，大概就是想等你主動找他吧，他只想知道你過得好不好。」

「謝謝你這些年的幫忙。」黑律言由衷地說。

「哪裡的話，不用客氣。」皇甫絳擺擺手。

櫃臺的服務人員說了聲歡迎光臨，黑律言看過去，朝走進店裡的年輕女孩招手。

「她來了。」

皇甫絳和周夜蒼立刻端正坐好，身爲黑律言最好的朋友，一定得拿出最挑不出錯的形象。另外，身爲他最好的朋友，也一定要爆料他的一些糗事讓他女朋友知道。

首先，就先從他們大一入學那年開始說起吧。

全文完

後記
誤會是必要的

我原本要寫在後記的第一句話不是這個，但忽然想到，不對！老是有人會先偷看後記，我不要又在第一句暴雷了！

所以我決定把那句話往後放，還沒看內文就先看後記的你，就別再看下去了。

OK，我警告過你囉，再往下看就會被暴雷喔。

終於在睽違七年後（我的天，也太久！），我再一次寫了師生戀題材。

上一次是二〇一四年出版的《秋的貓》，各位還記得吧！不過與純情的《秋的貓》相比，《謊言後遺症》比較不是典型的師生戀，故事走向也顯得成人些，畢竟男女主角初相遇時，並不是老師和學生的關係。

這個新系列我都會使用第三人稱來寫，我一直都認為若是靈異或奇幻風格故事，用第三人稱來寫我會比較順手，至於愛情故事就得用第一人稱。

所以在剛開始寫《謊言後遺症》時，我真的不順到爆炸，一度還想著是不是乾脆算了，改回習慣的第一人稱好了。

大家還記得我在直播時提過，關於使用第一人稱還是第三人稱的猶豫嗎？我會在這個問題上如此躊躇是有原因的，但爲了不暴雷後面幾本書的劇情，這邊就先賣個關子。只能說，我從一開始決定使用第一人稱到後來改用第三，可寫一寫又想回到第一，但最終還是用第三人稱來寫，整段過程煎熬無比，根本選擇障礙。

這還是我第一次對於寫作要用哪一種人稱感到這麼徬徨，畢竟過往我都憑直覺書寫，很快就能決定要用哪個人稱來寫，從來不曾有過遲疑。

希望我這次的猶豫掙扎能帶來好的結果，希望這次的故事你們能看得喜歡與滿意。

也不得不插播一下，《謊言後遺症》中有幾位配角很搶戲，各位應該都知道我的習性了吧，請期待他們在其他本系列作出任主角吧。

對了，這次的新系列還有個特點，就是角色的名字都會比較特殊，現實中幾乎不太可能出現。

會這麼安排自然有其用意，大家記得我曾經說過我在幫角色取名字時有個怪癖吧。有些讀者願意提供他本人的名字，作爲我小說中角色的名字，但我不會把會領便當的角色或是過得很悲慘的角色，安上讀者的眞實姓名。

而我這個系列會這麼幫角色取名，大概也是出於類似的用意。

話題先回到《謊言後遺症》的主角身上吧。

不知道大家有沒有聯誼過，我人生中只聯誼過一次。高中那時候，班上有個同學的男友就讀臺北市某高工，她和她男友安排了這場聯誼。某天放學後，大家都穿著制服到麥當勞，男女各坐一邊，場面說有多尷尬就有多尷尬。

到底怎麼有辦法自然地在聯誼上看對眼，然後交換聯絡方式？畢竟我們那個年代如果要交換聯絡方式，是要給對方手機號碼或是家裡電話，跟不熟的人硬要講電話實在很可怕。哪像現在，給個臉書或是IG帳號就行了，感覺沒那麼有壓力，也很方便。

不過就算兩人眞的交換了聯絡方式，後續也要有一些事件發生，才會有所發展吧？契機眞的很重要，身爲作者的我，幫顏允菭和黑律言製造了多少契機，他們才能走到這一步啊！

黑律言和顏允菭彼此吸引，卻因爲誤會而疏遠，不過如果沒有那些誤會，就算日後在學校再次相遇，他們之間的關係會不會將僅止於師生呢？

感覺很有可能喔，黑律言的性格很死心眼，會在奇怪的地方很堅持，而顏允菭如果不是因爲被誤會而導致氣憤得想爲自己辯解，她應該也會躲黑律言躲得遠遠的吧。

所以說，誤會是必要的！有時候激烈的爭執，是加速感情升溫的捷徑呀！（我在胡說什麼）

不同於《秋的貓》的秋時緯，黑律言在談戀愛的時候，直接讓感性凌駕理性，並不會太顧忌對方的學生身分。我下筆的時候其實有點猶豫，可是想想如果這邊我都猶豫了，那這系列的後面幾本要怎麼辦？

言下之意，是指後面幾本會有更露骨的情節嗎？請容我繼續賣關子。（編輯顯示緊張中XD）

這次的書名同樣也考慮了很久才定案，原本要使用《謊言副作用》，但怕跟《青春副作用》過於相似，會不會讓大家誤以爲是同一系列，於是最後改用了《謊言後遺症》。最近取書名對我來說越來越苦手，我原本想的書名是《0到100的距離》，哈哈哈哈，感謝美麗的編輯總是能取出貼近故事的書名。

啊，我就問一下，你們猜猜下一本會由哪些角色擔任主角，以及大概會是什麼樣的故事內容？

這一次的新系列預計會有四本，寫完四本又是一年了，時間過得好快呀！

那我們下次見。

Misa

國家圖書館出版品預行編目資料

謊言後遺症／Misa著. -- 初版. -- 臺北市 ： 城邦原創股份有限公司出版：英屬蓋曼群島商家庭傳媒股份有限公司城邦分公司發行，2021.10
面；公分. --

ISBN 978-986-06868-9-0（平裝）

863.57　　　　110015841

謊言後遺症

作　者／Misa
企畫選書／楊馥蔓
責任編輯／楊馥蔓

行銷業務／林政杰
總 編 輯／楊馥蔓
總 經 理／伍文翠
發 行 人／何飛鵬
法律顧問／元禾法律事務所　王子文律師
出　版／城邦原創股份有限公司
台北市中山區民生東路二段 141 號 6 樓
電話：(02) 2509-5506　傳真：(02) 2500-1933
E-mail：service@popo.tw
發　行／英屬蓋曼群島商家庭傳媒股份有限公司城邦分公司
聯絡地址：台北市中山區民生東路二段 141 號 11 樓
書虫客服服務專線：(02) 25007718・(02) 25007719
24小時傳眞服務：(02) 25001990・(02) 25001991
服務時間：週一至週五09:30-12:00・13:30-17:00
郵撥帳號：19863813　戶名：書虫股份有限公司
讀者服務信箱 email：service@readingclub.com.tw
城邦讀書花園網址：www.cite.com.tw
香港發行所／城邦（香港）出版集團有限公司
地址：香港九龍土瓜灣土瓜灣道86號順聯工業大廈6樓A室
email：hkcite@biznetvigator.com
電話：(852)25086231　傳眞：(852) 25789337
馬新發行所／城邦（馬新）出版集團 Cité(M)Sdn. Bhd.
41, Jalan Radin Anum, Bandar Baru Sri Petaling,
57000 Kuala Lumpur, Malaysia.
電話：(603) 90563833 傳眞：(603) 90576622
email:services@cite.my

封面設計／Gincy
電腦排版／游淑萍
印　刷／漾格科技股份有限公司
經 銷 商／聯合發行股份有限公司
電話：(02)2917-8022　傳眞：(02)2911-0053

■ 2021 年 10 月初版
■ 2024 年 3 月初版 4 刷
Printed in Taiwan

定價 / 300元

ISBN　978-986-06868-9-0